suhrkamp taschenbuch 4072

AF202637

Als dieses Buch 1990 zum ersten Mal erschien, wurde es als ein ungeheuer genauer, gelassener und ironisch-skeptischer Blick auf die Tage der Wende und die Monate danach begrüßt. In einer Zeit, als die Stimmung zwischen schriller Einheitseuphorie und Verklärung der DDR schwankte, schaute Thomas Rosenlöcher genauer hin und verließ sich allein auf sein unabhängiges Urteil. Liest man sein Tagebuch der Wendezeit heute, dann wird klar: Es ist eines der hellsichtigsten Bücher, die wir über das vereinte Deutschland lesen können. Mit großer Glaubwürdigkeit, radikaler Ehrlichkeit und klugem Humor beschreibt Rosenlöcher ein Land, in dem wir bis heute leben – auch wenn er, wie er in seiner neuen Vorbemerkung schreibt, »das neuerliche Verdummungspotential bei weitem unterschätzt« hat.

Thomas Rosenlöcher, geboren 1947, lebte als freier Schriftsteller in der Nähe von Dresden. Rosenlöcher war Mitglied der Sächsischen Akademie der Künste und der Akademie der Künste in Berlin. Für sein Werk erhielt er zahlreiche Preise und Auszeichnungen. Rosenlöcher verstarb am 13. April 2022 in Dresden.

Thomas Rosenlöcher
Die verkauften Pflastersteine

Dresdner Tagebuch

Suhrkamp

8. Auflage 2026

Erste Auflage dieser Ausgabe 2009
suhrkamp taschenbuch 4072
© 1990, Suhrkamp Verlag GmbH, Berlin
Alle Rechte vorbehalten. Wir behalten uns auch
eine Nutzung des Werks für Text und Data Mining
im Sinne von § 44b UrhG vor.
Umschlaggestaltung: Göllner, Michels, Zegarzewski
Umschlagfoto: Werner Lieberknecht
Satz: Satz-Offizin Hümmer GmbH, Waldbüttelbrunn
Druck: CPI books GmbH, Leck
Printed in Germany
ISBN 978-3-518-46072-6

Suhrkamp Verlag GmbH
Torstraße 44, 10119 Berlin
info@suhrkamp.de
www.suhrkamp.de

Anlaß zu diesem Tagebuch war die Tatsache, daß ich im Sommer 1989 nun aber auch nach dem Westen wollte, um hier nicht als letzter das Licht ausmachen zu müssen. Doch weil ich mir sicher war, daß mir da drüben sowieso nichts mehr einfallen würde, wollte ich mir wenigstens noch ein paar Notizen machen. Und als dann die Dresdner Tageszeitung *Die Union* ihren Fortsetzungsroman zum Thema Alkoholmißbrauch unterbrach und den Anfang des Tagebuchs unzensiert druckte, mußte ich weiterschreiben; weit über den 8. Oktober hinaus, der für mich bis heute das wichtigste Datum jener Herbsttage ist: fiel an diesem Tag doch auch eine Mauer, indem die Macht zurückwich und für einen Augenblick der Geschichte das Versprochene einlösbar schien.

Freilich hat es auch seine Nachteile, wenn ein Utopist als Chronist fungiert. Manches damals Aufgeschriebene kam mir auch damals schon blauäugig vor. Doch Tagebuch ist Tagebuch und darf hernach nicht mehr geändert werden. Besser, ein irrendes Hoffnungspartikel als die Allgemeine Zeitung zu sein. Nicht umsonst gibt es in diesen Aufzeichnungen erste Versuche, sich selber in Frage zu stellen. Glaubte mich damals nur möglichst kurz fassen zu müssen, weil sicherlich bald alle Welt in Sachen Vergangenheitsbewältigung in Sack und Asche einhergehen würde.

Nein, habe damals wirklich nicht geahnt, daß auch diesmal wieder nur die anderen dabeigewesen sind. Und daß sich Selbstabrechnung im Westen erst recht nicht rechnet. Zumal Opportunismus hier weitgehend abgeschafft und eine Form der Freiheit ist. Denn falls geschäftlich vorteilhaft, ist Anpassung immer okay. – Kurz: auch wenn ich in dieser Chronik der gemischten Gefühle – bei aller Freude über das Geschenk des Neuanfangs, das der Westen für den Osten auch bedeutet – einiges richtig vorauszubefürchten vermochte, so habe ich das neuerliche Verdummungspotential bei weitem unterschätzt. Doch halt, hier sollte ich besser einen Schlußpunkt setzen. Vielleicht schreibe ich wieder einmal ein Untergangstagebuch.

Dresden, November 2008

Die verkauften Pflastersteine

Teil I

8. 9. 1989

Besuch U. Hegewald. Reden die halbe Nacht über Infantilität und Unterwürfigkeit der hier Aufgewachsenen. Selbst Wolfgang, er ist nun schon fünf Jahre hier weg, wäre dergleichen fortwährend anzumerken.
Zerknirschungsgesichter.
Blatternarbige Häuser.
Uringeruch und Bahnpolizei.
Gestern früh mit Birgit in verzweifelter Stimmung nach Heidenau. Natürlich werde ich kontrolliert, belege den Polizisten: Seit zwanzig Jahren kontrolliere man mich, aber nun nicht mehr lange.
Freilich hat es auch sein Tröstliches, daß ich besonders von diesen armseligen Bahnhofsmützen mit Vorliebe kontrolliert werde: Völlig verbürgerlicht kann ich noch nicht aussehen. Nach stundenlangem Laufen endlich wieder Gefühl der Leichtigkeit: Die Kirnitzsch im Grund, ein Wasser von rätselhafter Sauberkeit, manchmal schimmert sie türkisfarben durch die Bäume zum Hangweg herauf.
Am Schluß, Waldausgang, ein »kommen Sie mal her hier«, gleich vom Motorrad aus. Offenbar ein sogenannter Grenzhelfer. Unsere Antwort, vielleicht eine kleine Sensation für uns selbst, lautet, beinahe im Chorus: »Wir denken nicht daran.« Das Aufheulen des davonfahrenden Motorrads kommt uns vor wie ein langgezogener Wutschrei. Freilich bekommt meine Frau hernach eine Art hysterischen Anfall. »Dieses Land, dieses Land.« Ich habe ihr versprochen, mich nun doch um ein

Stipendium in Worpswede zu bewerben, nicht gleich
um zu bleiben, sondern um eben einen Fuß in den Westen zu setzen. Freilich hinsichtlich dieser Entscheidung
auch schlechtes Gewissen: Ist ja doch eine Flucht aus
der schlichten Lebenspraxis, da im Westen vieles viel
geschmierter geht, die Entfremdung des zu Hause hok-
kenden Künstlers daher gewiß größer ist. Hier brauche ich nur in die sogenannte Kaufhalle (eigentlich ein
ehrlicher Name) zu gehen, um einigermaßen Bescheid
zu wissen. Hinzu käme dieses Im-Stich-Lassen der anderen. Ein Fuß drüben ist früher oder später sowieso
der ganze Kerl, siehe Uwe Kolbe, Wolfgang Hilbig usw.
Aber der Entschluß steht fest, falls sich hier nicht
bald eine Änderung anläßt. Dieser fortlaufende Landeskummer macht provinziell. Das immergleiche Gejam-
mer über Unfreundlichkeit und Verfall macht utopie-
also kunstunfähig. Längst bin ich Meyers Hund, der
fortwährend bellend ums Haus läuft.

11. 9.

Früh im Halbschlaf höre ich vom Übertritt der ersten
1000er Pulks von Ungarn nach Österreich.
Gesellschaft bei Lühr: »Ich-will-hier-raus«-Bazillus. Ab
heute alkoholfreie Woche. Der Depression ist nur mit
Arbeit zu begegnen.
Das gespenstische Schweigen der Zeitungen.

12. 9.

Die fortwährenden Übertritts-Reportagen aus dem West-
radio. Das pausenlose Gemurmel der Hiergebliebenen:
»Was soll nur werden.« Keine Solidarität. Eher das Gefühl, zum Häuflein der Dummen zu gehören.

Canetti, in »Masse und Macht«, schade, daß ich das
Buch zurückgegeben habe, erzählt von einem orientali-
schen Despoten, der seine Stadt evakuieren läßt: Allein
ist die Macht ungestört. Nur, wenn keiner mehr da ist,
kann sie wirklich grenzenlos sein.

Übertrittsinterviews: »Warum haben Sie die DDR verlassen?« »De Freiheid is ja immor de Haubtsache.« Sprach-
losigkeit. Oft wird, genauso wie zu Hause, sofort das
Erwartete geliefert. Derselbe Mann wäre zu Hause vor
einem Mikrofon gewiß unverzüglich ins Funktionäri-
sche verfallen.
Alkoholfreie Woche hat nur einen Tag angehalten.
Mitschuld, meine, am So-Sein der derzeitigen Verhältnisse: Nicht nur die Funktionäre haben sich diesen Staat
verdient, auch wir, zumindest haben wir ihn hingenom-
men. Allein daß ich studiert habe, zeigt, daß ich ein Lügner bin. Wäre ich kein Lügner, hätte ich nicht studieren
dürfen. Freilich, meine verteufelte sächsische Höflich-
keit.

13. 9.

Gestern abend im herbstlichen Biergarten. Ein Mann wollte dicht neben unserem Tisch an eine Birke pinkeln. Birgit ruft »Weitergehen!« Der Betrunkene wankt auf die offene Elbwiese. Dann kommt er schwankend an unseren Tisch: »Wer hat hier Weitergehn gerufn. Das is meine Birke. Die wäßre ich schon seit dreißig Jahrn.« Tatsächlich ist es in der Reihe die kräftigste Birke.

Daß plötzlich auch mir das Ende des Dreibuchstabenlandes möglich erscheint ... bin ich ein Rechtsaußen geworden? Jedenfalls brauchen die bloß so weiterzuwursteln, damit sich dieser Staat von selbst auflöst. Selbst ein demokratischer Sozialismus scheint mir nur noch ein schwacher Damm. Werden nicht die Leute auch während der Reformen davonlaufen? Zumal es ja dann wirtschaftlich erst einmal eher schlechter gehen wird, allein schon, weil die verrotteten Industrien in den nächsten Jahren ohnehin endgültig verrottet sein werden, wir längst auf Kosten der Zukunft leben. Andererseits ist der jetzige Kapitalismus eben auch ein Übel, und ein demokratischer Sozialismus wäre vielleicht doch eine Alternative.

15. 9.

Gestern Wanderung. Fünfundvierzig Minuten warten, kurz vor dem Bahnhof Rathen, in einem dieser unglaublich verschmutzten, wie Nachkrieg anmutenden Waggons der sogenannten S-Bahn. Essen in Königstein in der Selbstbedienung. Eine alte Frau schiebt Kartoffeln und Kraut vor deinen Augen umständlich mit der Hand auf dem Teller zurecht. Die Riesenbiere des DDR-Bürgers. Sie sind der eigentliche Generalsekretär des kleinen Mannes. Natürlich trinke auch ich eins. Mit Schwere angefüllt, gewinnt der Leibesballon kurzzeitig eine Art Zufriedenheit, lastet fester auf seinem ostdeutschen Trauerstuhl. Aber dann erhebe ich mich doch. Birgit verordnet ihren raschen Wanderschritt. Gewitter und Regen. Feuchte Gründe. Rückfahrt, vorüber an armseligen Bahnhöfen mit Reklamen von kurz nach dem Krieg, schmutzigen Durchgängen, an leeren Fenstern, verkrebsten Häusern. Armutei. Ob es mir gelingen wird, noch einmal hinzusehen? Den muffigen Landesgeschmack zu schmecken, ehe ich ins Schicki-Micki-Land abfahre?

17. 9.

Gestern kurzer überraschender Besuch von Dieckmanns. Gespräch über die stehengebliebene Zeit. Auch das Leben scheint hier zu verharren. Zu verharren im Verfall. Vielleicht fliehen die Leute, eigentlich Industriegesellschaftsmenschen, die bei sonstiger scheinbarer Geborgenheit eben auch den raschen Wechsel brauchen, ebenso vor dieser stehengebliebenen Zeit: Der immergleichen Bierflasche, dem immergleichen, langsam vor sich hin mebbelnden, unsäglich stinkenden Auto namens Trabant, den überall gleichen Städten, die, wo sie sich auch immer befinden, stets Wilhelm-Pieck-Stadt, Guben oder Eisenhüttenstadt heißen.

19. 9.

»Begründe die Notwendigkeit eines immer stärkeren sozialistischen Staates« – Moritz macht Schularbeiten. Schreibt seine Lügen rasch hin, »nur ehm ma«, aber so fängt es an und so geht es weiter, und dann bist du vierzig und hast es schon zur Hälfte verpaßt, einmal in deinem Leben geradegestanden zu haben.

22. 9.

Alles auf das System oder die Funktionäre zu schieben, entläßt den einzelnen, mich, aus der Schuld, der sich keiner entziehen kann, und schon gar nicht durch das Davonlaufen nach drüben. Immerhin war es doch eine verhältnismäßig geringe Dosis an Zwang, die zu dieser Zwangsgesellschaft geführt hat. Manchmal war es aber auch der pure Irrtum: so hielt ich Idiot die Enteignungen in der Kleinindustrie Anfang der siebziger Jahre für ökonomisch sinnvoll! Die kleine Druckerei in Zschachwitz: »Jetzt bekommen Sie einen Pausenraum«, habe ich den Leuten da erklärt. Die werden wohl gleich gewußt haben, was da für ein Trottel zu ihnen spricht. Andere Formen der Mitläuferei: Kritisches Denken, das gerade in der Art des sich kritisch Äußerns gegenüber dem Gesprächspartner Übereinstimmung signalisiert, ein Für-den-Sozialismus-Sein, das sich nicht vollständig vom Stalinismus abzusetzen wußte.

Heute nacht aufgewacht: Ich selbst hatte mich im Traum aufgefordert, nach Leipzig zu fahren und an einer der dortigen Demonstrationen teilzunehmen. Tatsächlich Angstschweiß.
Höre den Satz: »Das Land, dessen Züge nicht mehr pünktlich fahren, ist verloren.«

23. 9.

Die jetzt oft gehörte Behauptung, daß dieser Staat krank mache, kann ich an mir selbst beobachten. Eine Art durch den Schlaf gehendes Zahnweh. Birgit nach einem Besuch im Kaufhaus: Sie macht die Verkäuferinnen vor, Figuren aus dem Totenreich, starren Gesichts, fast wortlos einen Pullover haltend und wieder weglegend und das »hä-hä-nä-Gespräch« durch ein endgültiges Kopfschütteln mit gleichzeitigem Sich-Abwenden abbrechend. Das Schlimmste an diesem Land: Neben Verfall und Zerstörung und offizieller Verlogenheit, eben auch der Niedergang der Umgangsformen, die unter uns herrschende Unfreundlichkeit, die längst in den Gesichtern festgeschriebene Verdrossenheit.
Gruppierung »Neues Forum« unter offensichtlichem Verfassungsbruch als staatsfeindlich erklärt. Alles scheint auf eine Entscheidung hinzudrängen.

Lieber bezahle ich für einen Becher Quark 4,– M als weiterhin diese verlogenen Wurstblätter Tag für Tag aus dem Briefkasten zu ziehen. Gewiß prägt auch das schon die Physiognomie. Bestimmt habe auch ich längst den DDR-Blick. Zumindest an meinem schadhaften Gebiß bin ich erkennbar.

Ausgerechnet die Schlagersänger haben das Neue Forum unterstützt!

27. 9.

Dauerbesuch. Zuletzt Czechowski, der die Woche über meist in der Psychotherapie bleiben muß: Depressionen. Auch für ihn formuliere ich einen kleinen Brief an seine Exzellenz, den Vors. d. Staatsrates, Forumverbot. Komme mir dabei sehr kühn vor. Verfalle sofort in einen leichten Funktionärston. Entkomme ihm erst einigermaßen, da ich begreife, daß ich den Brief gar nicht an ihn, sondern an mich schreibe, nämlich aus Gründen der Selbstachtung. Rakowski, höre ich im Radio, fürchtet, die Perestroika müsse noch durch Blut und Tränen gehen.
Heute nacht Wassereinbruch durchs Dach. Wir müssen im Schlafzimmer wischen. Heulende Nacht. Mörderisches Trommeln und Klopfen von oben.

Freitag, 6. 10.

Heute vormittag Zentrum d. zeitgen. Musik. Jeder, auch die sonst ganz Vorsichtigen, plötzlich für Reformen. Einige allerdings Angst vor dem, wie sie sagen, Mob. Gefühl: Nun gibt es kein Zurück mehr. Das Land ein anderes. Konzeptionslosigkeit wird beklagt. Sage, was ich seit immerhin zehn Jahren sage: Soz. Verfassung, die z. B. Eigentumsformen (keine Kapitalisierung der Großindustrie!) festschreibt. Innerhalb dieser Verfassung alle

Entwicklungsvarianten möglich. Über die wird durch Wahlen abgestimmt. Vom Schauspiel kommt Regisseur Engel herüber und tobt los: Was wir hier herumsäßen, müsse denn erst ein Stein durchs Fenster geflogen kommen? Es flösse doch schon Blut in den Straßen! – Was für Blut? Erfahre erst jetzt von den Tausenden am Hauptbahnhof. Sogar auf den Gleisen sollen sie gesessen haben, um mit dem Prager Ausreisezug mit in den Westen genommen zu werden. Der Hauptbahnhof sei demoliert und ein Polizeiauto umgekippt worden.

Gegen 19 Uhr – rasch zur Prager Straße. Zum Glück nichts los, denke ich, halb enttäuscht. Aber dann sehe ich wie eine riesige Anzahl Polizisten ausgerechnet diesen Beton-Lenin bewacht. Die Polizisten haben Schild und Helm und sehen aus wie aus dem Westen. Viele Schaulustige, aber die Bösen, gegen die sich das Ganze doch richten wird, muß ich lange suchen. Tatsächlich, gegenüber dem Hotel ein paar pfeifende und johlende Gruppen. Platz geräumt, drücke mich beiseite. Jugendliche gejagt, geschlagen: Es wird sichtbar, daß die Gewalt eigentlich erst durch das martialische Auftreten der Polizei erzeugt wird. Hoffentlich Unfähigkeit und nicht Absicht. Später sehe ich einen Stein lange hoch in der Luft schweben. Zweimal werde ich in den Fluchtreflex der Randmassen mit hineingezogen, beim dritten Mal gelingt es mir, stehenzubleiben und zu schauen: Man flieht grundlos. Dann aber kommen weiße Schilde und Helme von hinten. Eingekesselt. Wie ich wieder herausgekommen bin, weiß ich auch jetzt noch nicht. Ein fortwährendes inneres ängstliches Zittern. Überhaupt mein Wahrnehmungsvermögen merkwürdig reduziert:

Sehe wie Leute abgeführt werden, sehe wie die Polizisten, siouxartig an ihre Schilde schlagend, losstürzen, z. T. auch auf bloße Zuschaueransammlungen einprügelnd: Sehe, aber alles scheint merkwürdig fern, vielleicht eben nur ein Traum. Weit vor wage ich mich nie, vermag aber auch einfach nicht fortzugehen. Angst und Zorn halten sich korrekt die Waage. An den Rändern ältere Leute, manche tatsächlich das Gespräch mit der Polizei suchend. Einfache Leute finden einfache Worte, zu denen ich niemals imstande wäre. Viele vor allem auch ältere Frauen zornig: »Das haben wir sonst beim Schnitzler gesehen.« »Du hast wohl noch nichts vom Gorbatschoff gehört«, »Wir sehen uns nach den Reformen wieder«. Soldaten: »Stellt doch einen Ausreiseantrag.« Antwort: »Wir wollen aber hierbleiben.« Ich, leider lächerlich emotional: »Ihr wollt wohl mit euch selbst alleine sein. Eine Unverschämtheit, jungen Leuten so etwas zu sagen.« Die einzige Chance aber ist Friedfertigkeit. Mit bloßen Händen sind den MGs und Panzern keine Reformen beizubringen, zumal sich das System Änderungen früher oder später ohnehin beibringen muß: Ein Auto kann auch nicht auf die Dauer ohne Benzin fahren, nicht wahr?

Jagd eines Polizistentrupps mitten durch Passanten auf der Gegenseite der hell erleuchteten Prager Straße. Ein Polizist hat den Anschluß verpaßt und wirkt nun mit seinem Schild und seinem Helm im Dunkeln zwischen den Passanten nur noch traurig und komisch. Seine Truppe biegt schon ab, als er noch umherirrt, aber seine Angst sich noch immer in Aggression äußert und er einen Passanten rücksichtslos anrempelt: »Geh rüber, Du Rindvieh.« Dieser: »Ich mach gleich mit, Du Vochel.«

Ein Bursche in Lederkleidung tritt zwischen zwei Polizisten hindurch, eben dort, wo ich vorhin gestanden habe. Die Polizisten schlagen noch auf ihn ein, als er schon am Boden liegt. Dann wird er auf den LKW geschleift.

7. 10.

Einem Polizisten, der allein in die Menge geriet, soll schlimm mitgespielt worden sein.
An den halbstündigen Nachrichten hängen wie am Tropf. In die Stadt fahre ich nicht. Heute wird nichts sein, sage ich, hoffe ich, aber in Wirklichkeit hat nun die Angst die Oberhand gewonnen. Alte Kinderängste. Ich erinnere mich gedämpfter Stimmen der Erwachsenen am 17. Juni, und daß ich einen Nachmittag bei der Nachbarin bleiben mußte. Schon damals war eines meiner Traumgrundmotive das Bild meines Vaters, der, in ein Gestell eingeklemmt, sich gequält nach oben krümmte. Dann die ungarische Stimme im Radio: »Helft uns doch, helft uns doch.« Damals war ich sechs Jahre. So hatten wir auch in den letzten zehn, zwanzig Jahren immer mehr Respekt, als ihn das doch eigentlich auch sanfte Zwangssystem eigentlich erforderte. Nun aber könnte chinesisch gesprochen werden.

8. 10.

Der Staat, der seinen Bürgern kein Demonstrationsrecht zubilligt, ist selbst der Urheber von unerlaubten Demonstrationen. Das Ausmaß deiner Isolation noch

nie so deutlich wie jetzt. Die, mit denen du jetzt unterwegs wärest, sind im Westen. Freilich war dir dieses Auf-
dichgestelltsein immer lieb, Nach-innen-Horchen die
Voraussetzung für Gedichte. Aber jetzt bist du derart
nach außen gewendet... das Ich seltsam abhanden: So-
fortige innere Leere, wenn das Radio keine Informa-
tionen mehr bringt und zu Blasmusik übergeht.

Meine alte Methode: Die Angst wegschlafen.

Rufe in Dresden-Klotzsche an, ob sie dort vielleicht etwas Näheres wissen. Angelikas Stimme sehr fern. Ein
unheimliches Knacken und Rauschen in der Leitung.
Als ob ich mit dem Nordpol telefonierte. Schließlich verschwindet Angelikas Stimme hinter dem Knacken und
Rauschen völlig. Haben sie schon den Ausnahmezustand
verhängt? Rufe in Amsterdam an. Alexander ganz nah,
als säße er im Nebenzimmer. Obwohl ich das Gefühl
habe, womöglich für lange ein letztes Mal nach draußen zu telefonieren, ist es mir unmöglich, ihm zu sagen,
wie mir zumute ist. Martin holt mich zum Kaffeetrinken ab. Eine Demonstration auf dem Theaterplatz soll
abgesagt worden sein, da sie eine Falle wäre. Abends
kommt Birgit nicht von der Arbeit, dann aber glücklich:
Ist drei Stunden friedlich mitgelaufen. Allerdings soll es
nachmittags doch Einkesselungen gegeben haben. Uwe
Lohse sei verhaftet worden. Seine Frau scheinbar gelas-
sen: Kann ihm nichts Schlimmeres mehr passieren. Ein
Kollege von Birgit seit zwei Tagen verschwunden. Sogenannte Volkspolizei nimmt keine Vermißtenmeldung
auf. »Vielleicht hat er eine Andere«, habe man der ihren
Mann suchenden Frau gesagt. Im Radio bittet Christa

Wolf zu überlegen, wem Demonstrationen nützen, da dergleichen die Führung nur verhärten würde. Aber: Nur mit Petitionen ist auch nichts zu bewegen. Ihre Sorge ist berechtigt, aber sie weiß vielleicht nicht, daß dieses Volk gerade eben jetzt sich einmal andeutungsweise als Nation zu empfinden beginnt. Eine Zukunft, in die hinein wir gleich wieder von oben gelenkt werden, wäre nur die Hälfte wert.

Abends doch noch einmal in die Stadt: Ein Passant geht hart auf mich zu, ich erschrecke zutiefst, erwarte einen Hieb in den Magen, und weiche mit einem erstarrten Grinsen, das das Ganze kaschieren soll, aus.

Das Gespräch mit den Oberen gewiß auch deshalb so schwer, weil diese Leute gar nicht deutsch sprechen, sondern das sogenannte »Kaderwelsch«, einen Dialekt aus der finstersten Vergangenheit, dem jedes Menschliche fremd ist. Selbst, wenn es ihnen auf der Zunge läge, sie könnten und könnten es nicht sagen.

Doch was ist auf der Prager Straße los? (Abends, gegen 22 Uhr.) Die schon fast üblichen Absperrungen. In der Mitte eine große Gruppe eingekesselt, aber das Neonlicht leuchtet wärmer, von den beinahe ruhig Wartenden geht Beruhigung aus, da kaum noch Angst. Auch die Soldatentrupps stehen lässiger, die Schilde sind nach unten genommen. Eine Limousine fährt in den x-fachen Polizeikordon ein, eine schwarze Limousine, unwirklich wie ein herbeigleitendes Traumschiff. Beifall! Will die Staatsmacht mit uns reden? Bin ich auf Hawaii. Es ist der Bischof, höre ich. Tatsächlich soll mit dem Bürgermeister geredet werden. Das bedeutet, selbst wenn man nur Zeit gewinnen will, eine indirekte Legalisierung der Demonstrationen.

Wer eigentlich wollte im letzten Monat noch nach Worpswede? Noch nie war der Westen mir so fern wie jetzt.

Nachmittags soll auf dem Fetscherplatz, trotz friedlichen Dahermarschierens, eingekesselt, verhaftet und geknüppelt worden sein.

Montag, 9. 10.

Unser Dachdecker erklärt mir, daß Schläge gar nicht schlimm wären, beim Herumprügeln würde ja auch gedroschen. Das überlebe man. Ahnt also offenbar einen Hauptgrund meiner Ängstlichkeit: Der Angst des Kopfmenschen unter Schlägen den Kopf zu verlieren. Das ist wohl auch der Sinn der Prügelei: Die Ausschaltung des Intellekts, die Umkehrung des Argumentierens in Gewimmer. Höre schlimme Einzelheiten, offenbar ist auch nach den Demonstrationen zum Teil noch auf Inhaftierte eingeprügelt worden – will aber jedes erst aufschreiben, wenn es einigermaßen verbürgt ist.

Uwe L. noch immer verhaftet.

Abends Kreuzkirche: Sehr gemischte Gestalten, gewissermaßen tatsächlich das Volk. Der Einlasser: »auf den Emporen ist noch Platz!« – »Emborn? Was issn das?«

Einlasser: »Laßt euch das von den anderen erklären.«
Hinaus gehe ich völlig erschöpft, viele Peinlichkeiten,
oftmals drohendes Chaos in dem Riesenhaus. Aber ich
habe etwas erlebt, daß es eigentlich gar nicht gibt, was
eigentlich gar nicht geht: Eine Volksversammlung von
Tausenden! Ein Mann erklärt, daß er gesehen habe, wie
die Polizei einen Bauzaun, der laut Sächsischer Zeitung
durch Randalierer demoliert worden sei, selbst nieder-
gerissen habe. In der Reihe hinter uns eine Frau, deren
Sohn in Bautzen ist und die fortwährend ihre Verzweif-
lungskommentare abgibt.
Überhaupt ist die Enttäuschung groß, weil naturgemäß
fast nur das Gespräch selbst erreicht wurde, und tatsächlich besteht nun die Gefahr, daß Väterchen Stalin
bloß kichert über die dummen Sachsen. Freilich, der
Apparat braucht Zeit, die gewiß auch dort vorhandenen
Veränderer müssen zu Wort kommen und die Pseudo-
veränderer sich einschleichen können.
Augenzeugen berichten, daß, während die Leute sich in
den Kirchen versammelt hätten, in etlicher Entfernung
hinter Büschen Armee-LKWs samt Militärkrankenwa-
gen gestanden hätten. China läßt auch weiterhin freundlich grüßen.

Die., 10. 10.

Uwe Lohse ist entlassen worden. In der Bautzener Ge-
fängniskirche saß er auf Platz Nr. 121. Wo er auch hin-
kam, hatte er es nur selten verpaßt einen ›Guten Abend‹
zu wünschen und zu erklären, daß die diensthabenden
Menschen auch Menschen seien, gute Behandlung also

in beidseitigem Interesse. Aufgefallen war er offenbar dadurch, daß er mehrmals am Demonstrationszug entlanggelaufen war, um die Leute zu bitten, doch nicht auf die Wiese zu gehen, da die Wiese eine Wiese sei und folglich ein Stück Natur. Typisch Rädelsführer also. Festnahme durch zwei Herren in Zivil. Kein Hilferuf seinerseits, als ob er geahnt hätte, daß es nur die helfenden Hände von Vater Staat waren und nicht irgendwelche privatisierenden Menschenfänger. Alles in allem aber Erleichterung, er offenbar glimpflich davongekommen. Die Zeitung UNION schreibt in einem sonst schon objektiven Artikel von Gewalttaten am Fetscherplatz. Sind damit die »Keine-Gewalt-Rufe« der Eingekesselten gemeint? Oder doch mehr der obligatorische Schlag mit dem Gummiknüppel im LKW, von dem Uwes Hand so eigentümlich geschwollen ist, daß er sie in einer Binde trägt?

Die., 10. 10.

Die UNION nimmt zurück, daß Gewalttätigkeiten seitens der Demonstranten am Fetscherplatz stattgefunden hätten. Zum erstenmal seit Tagen atme ich wieder einigermaßen durch.

Teil II

12. 10. 89

Gestern abend, Hauptbahnhof Dräsdn. Die Prager Stra
ße wieder im vergeblich eine Großstadt nachahmenden
Neongefunzel. Einzelne Passanten, eigentümlich verloren auf den Gehwegplatten. Beton-Lenin in gebührender Finsternis. Frage mich, woher die Helligkeit dort
während der Demonstrationen kam: War es die Weißglut meiner Hirnrinde?
Treffe M. D. im Espresso. Während D. erzählt (keine
ausgesprochenen Greueltaten, sondern Kleinterror, stundenlanges An-der-Wand-Stehen in »Fliegerstellung«,
Knüppeleskapaden, Angebrülltwerden, dazu die Ungewißheit, was mit einem wird, ob die Macht nicht
längst durchdreht) – während D. also erzählt (»Wie alt
bist Du?« – »15 Jahre.« »Was 15? Dann kriegst Du gleich
eine über.«), sitzt am Tisch ein unscheinbarer, einfacher Typ, den ich für Stasi halte. »Ich war auch dort«,
sagte er plötzlich, sehr nebenbei, nachdem wir schon
eine Weile geredet haben. »Ich war auch dort« – und
das kommt derart bescheiden, ja selbstverständlich.
Auch die Frau hätten sie mitgenommen. Und als sie
gesagt hat, daß ihre Kinder zu Hause wären, hätte ihr
einer der Polizisten einen Knüppelschlag in den Nacken
gegeben, so daß ihr Blut aus der Nase lief. Aber sonst
wäre es nicht schlimm gewesen. Der Vernehmer hätte
sich sogar ein bißchen entschuldigt: Polizei eben auch
überlastet.
Die kleinen Augen des Mannes. Ich habe vergessen, ihn
nach seinem Beruf zu fragen. Vor allem anfangs, als noch

geknüppelt wurde, hat seinesgleichen besonders die
Knochen hingehalten. Und während solche wie ich nun
alles erklären und Reden halten und für Veränderungen
sind, klingelt bei ihm längst der Alltagswecker; geht er
an irgendwelchen Rohren entlang zur Arbeit oder steht
abends mit der Bierflasche am Kiosk und sagt: »Na ja.
Du weest ja, wie das is.«
Mit seinen Gummiknüppeln hat sich das System endgültig in die Geschichte des Stalinismus eingeschrieben.

13. 10.

Die Könige erklären, niemals Royalisten gewesen zu
sein. Doch gemach. Wie ich dieses Volk neuerdings kenne, wird es die ganze morsche Hand nehmen, wenn ihm
die Macht ihren Knochenfinger reicht.

14. 10.

Abends Kneipe. Daß der am Tisch Polizist ist, gleich zu
sehen. Eine gewisse Gesichtsglätte, etwas Ordnungs-
mäßiges darin, das freilich auch in anderen Berufen vor-
kommen könnte. Dann aber dieses Schnauzbärtchen,
das ja rührenderweise eher sympathisch machen soll
und aus den Kriminalfilmen im Fernsehen stammt...
Das Schnauzbärtchen habe ich auf der Prager Straße immer wieder gesehn. Tue trotzdem erstaunt, als er, nach
dem dritten Nachfragen, endlich seinen Beruf nennt.
Überraschend seine Müdigkeit. Direkt eingesetzt sei er
nicht gewesen, aber mit den Vorgängen auf der Straße

hätte fast jeder von ihnen zu tun gehabt. Müsse eben
25 Jahre vollmachen, wegen Rente, ja, aber dann suche
er sich eine richtige Arbeit.
Versuche, ihn zu meiner eigenen Überraschung, draußen auf der Straße zum Abschied zu umarmen. Seine
Überraschung noch größer als meine. Muß den Wider-
strebenden richtiggehend zur Brust nehmen.

15. 10.

Die Polizistenumarmung beschäftigt mich noch immer.
Mein Harmoniebedürfnis, ja, vielleicht aber auch ein
Überspielen der bei mir schon immer vorhandenen Mischung aus Polizeihaß und Obrigkeitsangst. Und dann
die immer wieder ungeheuerliche Entdeckung, daß auch
ein Polizist ein Mensch ist.

16. 10.

Habe mich herausgenommen: Petzow, Schriftstellerbe-
friedigungsheim. Erkläre mir hiermit, daß ich ein Recht
darauf habe. Nur im Falle von etwas Stille und Nichts-
tun kann sich wieder ein bißchen »Ich-Selbst« melden,
das Gemurmel, das irgendwann Gedicht heißen könnte.

18. 10.

Was heißt hier Ich-Selbst? Egon Krenz und nochmals
Egon Krenz. Haben uns einen Fernseher besorgt, um

die Weltgeschichte nicht zu verpassen. Krenz, der Honecker abgelöst hat, schaut uns, nach feierlichem Augenaufschlag, wieder und wieder an. »Wenn man mich fragt, was mich in dieser Stunde bewegt, dann gibt es nur eine Antwort: Das ist der Gedanke an viel gemeinsame Arbeit.« Erneuter Augenaufschlag. Das gute alte Kaderwelsch zur Kirchentonart mutiert. Aber diese Woche waren in Leipzig 120 000 auf der Straße. Und immer noch fehlt Großdeutsch fast völlig. Auch die Westdeutschen haben das bemerkt, wenn sie betonen und betonen, daß wir nicht bevormundet werden möchten. Der Schriftsteller L. freilich meint, daß es mit der DDR dennoch nichts mehr würde. Der Westen sei viel zu stark. Halte dagegen, daß ich für ein westliches Gesamtdeutschland gar nicht erst sein müsse, weil das, wenn Demokratie hier mißlänge, von ganz allein käme.

Auch der Staatsrepräsentationsschriftsteller H. will mitsamt Volvo nur ein Betrogener gewesen sein.

22. 10.

Trotz aller Politik ist von der Woche in Petzow als Erinnerung eigentlich nur Herbst geblieben. Ein undeutliches Gefühl zwischen allerlei Gelbs, sich öffnenden Waldwegen, plötzlichem Blätterwetter von links. Und das Nebeneinanderhergehen. Und ein Schirmpilzereignis im Laub. Verlorenheit in geschippertem Licht. Also: Erinnerlich nicht Bilder, sondern Andeutungen von Bildern, Gefühle. Solche Unbestimmtheiten das Eigentliche des Erlebens, unaussprechbar. Hier eben der Irrtum aller Tagebuchschreiberei. Das Tagebuch reiht Fakten, je nachdem wie das Leben so spielt und behauptet damit, daß das Leben so spiele. Das ist vorsätzliche Täuschung. Alle Schriftstellerei vergröbert auf geradezu kriminelle Weise, aber das Gedicht behauptet wenigstens nicht gleich, das Leben selbst zu sein.

23. 10. 89

Die Macht schwenkt weiter ein. Meine alte Methode, kurz vor dem Mittagsschlaf rasch noch in die Zeitung zu sehn, versagt völlig, denn kaum sehe ich in die Zeitung, lese ich TIEFGREIFENDE REFORMEN oder ZU LANGE GESCHWIEGEN VOR DEN AUGEN DES VOLKES? TOLLWUTGEFAHR – und bin wieder hellwach. Das NEUE DEUTSCHLAND dann die letzte Rettung, aber selbst das NEUE DEUTSCHLAND ist mit NACHDENKEN NÖTIG nicht mehr ganz, was es einmal war. Auf den Photos freilich noch die alten Knautschgesichter, die immer auch das Beste wollten. Dennoch in einer nie gekannten Hochstimmung, ähnlich dem Glücksgefühl des Kindes, das nach Weihnachten früh aufwacht und noch nicht weiß, wieso es so froh ist und erst überlegen muß, bis ihm einfällt, daß es eine elektrische Eisenbahn geschenkt bekommen hat.

24. 10. 89

Gestern in der Stadt. Wieder wußten alle, die es wissen wollten, daß eine Demonstration sein würde. Trotzdem glauben wir erst, uns geirrt zu haben, da die Straßenbahn ziemlich leer ist, im Stadtinneren dann aber allenthalben Menschengruppen und der Theaterplatz schon fast gefüllt. Auch oben auf dem Pferdedenkmal Johanns noch Gestalten. Eine fortwährend monologisierende Lautsprecherstimme, immer wieder von Pfiffen, Beifall und Rufen überdeckt. Ich brauche eine Weile, um zu begreifen, daß da der Bezirkschef Modrow spricht. Keine Ansprache, eher ein Gemurmel, der Lautsprecher ist wohl zu schwach, und die Antwort: Das über den Platz fegende Fauchen der Menge. Jemand ruft: »Das Volk will das Neue Forum!« Modrow: »Sie sind doch nicht das Volk.« – Großer Sprechchor: »Wir sind das Volk.« Oben von den Balkons der Semperoper auf die Menge herabschauende Damen und Herren, darunter gewiß viele bundesdeutsche: Ja, meine Lieben, hier muß der König schon Rede und Antwort stehn. Das nennt man eine Revolution.

Zug durch die Stadt. Auf Plakaten die Zeugnisse allgemeiner Reimkunst: EGON KRENZ – WIR SIND DIE KONKURRENZ. Da kann unsereiner in seiner Eigenschaft als Lyriker getrost einmal stumm bleiben.
Einer hat sich mit einer Kerze an den Rand gestellt und sagt der vorbeiziehenden Menge, wie lang sie ist. Fünf Minuten, zehn Minuten ... am Ende sind es, die Straße ist ziemlich breit, immerhin dreiundzwanzig Minuten.
Nun geht es ans Eingemachte der Macht.
Per Taxi fast im Flug nach Hause. Haus abgeschlossen. Macht nichts, steige mit wehendem Mantel übers Gerüst bis hinauf unters Dach, klopfe, im Erkerfenster erscheint endlich das kleine Schlafgesicht meiner Frau. Teile mit, daß ich kein Gespenst bin. Werfe Mantel nach

oben und ziehe mich am Fensterbrett empor. Alles muß anders werden!

26. 10.

Aber wo gibt es das, daß die Chefs sich vor eine 10 000er Menge stellen, um Fragen zu beantworten? Die Utopie von der Volksherrschaft doch noch nicht ganz verschüttet?

Kito Lorenc: »Nun kann man der Partei nicht mehr in den Rücken fallen, da sie mit dem Rücken an der Wand steht.«

Kolbe tut mir richtig ein bißchen leid. Er ist ausgerechnet jetzt versehentlich nach Amerika gefahren.

In Kleinzschachwitz gibt es Bananen.

Springe mit meinem neuerlichen Schwung aufs Fahrrad, aber da scherbelt es, und der Meister persönlich liegt auf der Straße. Es hat eine Milchflasche zermahlen. Dem Vorderrad fehlen Speichen, wer soll das jemals reparieren.

Wenn mir auch unter den neuen Verhältnissen nichts mehr zum Schreiben einfällt, weil nun das finstere Funktionärswesen nicht mehr durchs Gedicht rumort, so werde ich doch auf mich selbst noch einen sonderbaren Eindruck machen.

28. 10.

Der Krankenstand bei Parteisekretären soll hoch sein. Selbst der Rundfunk wiederholt Forderungen nach

Machtteilung. Plötzlich kann ich, was ich nie konnte, aussprechen, ungläubig und mit einem kleinen Schauer: DEUTSCHE DEMOKRATISCHE REPUBLIK. Wie bitte? Na ja.

Hauptgrund für Hierarchie: Die oben haben den Überblick. Hauptgrund für Mitsprache von unten: Die, die den Überblick haben, wissen nicht was los ist. Die Weisheit des Volkes besteht ja nicht in der Weisheit des Volkes, sondern im Tagtäglichen. Der verlorengegangene Schlüsselbund enthält den Schlüssel zur Weltgeschichte.

Geburtstagsfeier in Klotzsche. Großes gemeinsames Triumphgezeter. Ausgerechnet wir nicht mehr die Dummen. Ein Wunder, daß ich mich nicht betrunken habe.

29. 10. 89

Winterreise, Swjatoslaw Richter, Peter Schreier, Semperoper – Konzertmitschnitt. Fortwährendes Husten des Publikums im weiten Rund (der Schallplatte): Ein Horizont von bellenden Hunden, getreulich den Winterreisenden begleitend, als gelte es, sich mit dem Gesang Schreiers und dem Klavierspiel Richters in die Unsterblichkeit hinüberzuhusten.
Aber Schreier: Wie kann man dieses »Ihr Kind war eine reiche Braut« derart wunderbar haßerfüllt herausschleudern und dennoch ein Entgegennehmer von Orden und Zusatzspangen sein?

Die vielen, die im Frühjahr noch zu dieser unglaublichen Volkswahl gelaufen sind.

Doch bitte: Zu den vorletzten Wahlen bin ja auch ich, der kaum was zu verlieren hatte, getrabt; zwar in die Wahlkabine, aber immerhin (der Spießrutenlauf am vielköpfigen Wahlgremium vorüber, und der Aufenthalt in dieser Umkleidekammer und die zitternden Hände beim Durchstreichen wären eine ausführliche Beschreibung wert). Und beim vorvorletzten Mal wollte ich auch schon nicht hingehn, aber dann kamen sie mit ihrer Pappkiste, wir saßen gerade beim Kaffeetrinken unterm Apfelbaum, und da habe ich den Zettel eben reingesteckt: Die Stimme ABGEGEBEN, mich selber mundtot gemacht.

Montag, den 30. 10.

Fataler, altbekannter, allseitiger Refrain: »*Das* habe ich nicht gewußt.«

Aber wie immer: Wir wußten. Freilich waren die Nachrichten aus den Schießgassen des Landes nie aus erster Hand, und so hatte auch ich die gute Gelegenheit, die Sache vorerst beiseite zu stellen.

Die drei Burschen, die mir vor Jahren im Zug gegenübersaßen und mich so lange anstarrten, bis ich mit Lesen aufhörte. Alle drei aus dem Knast. Ihre Hände mit lauter winzigen, von Metallspänen verursachten Wunden bedeckt. Sie hatten an Maschinen gearbeitet, aber die bei solcher Arbeit eigentlich normalen Verletzungen heilten nicht, wegen der Ernährung, sagten sie.

31. 10.

Im Oktober ist ein Großteil meiner Westpost wegge-
kommen. Ein Umstand, der mich mehr ehrt, als ärgert.
So kann auch ich mich ein wenig als Widerständler
fühlen.

Alle Regionen und Religionen haben ihre Massenbe-
ruhigungsmittel. Bei uns hier die Warteschlange: Ord-
net die Masse hintereinander an, wobei der Hintermann
den Vordermann jeweils nur von hinten sieht, also nie
sein Gesicht, was den Vordermann beim Hintermann
wenig beliebt macht, kurzum, die Massenbestandteile
ausreichend voneinander isoliert. Stück um Stück rückst
du der an der Ladentafel verheißenen Zukunft entgegen,
einer Zukunft, die schließlich in der Übergabe von etwas Käse oder Wurst besteht. Kaum aber ist der Warten-
de von der Warteschlange weggetreten, hat er das Warten eigentlich wieder vergessen und ist somit innerlich
zu neuem Warten bereit.

Manchmal werden Warteschlangen extra erzeugt: Durch
eine besonders geringe Anzahl der Körbe, die allein zum
Eintritt in den jeweiligen Saftladen berechtigen. Der
Gegenstand deines Wartens ist nun nur noch ein Draht-
korb. Durch minutenlanges Verharren (»Hunde müssen draußenbleiben«) wird dir angezeigt, wie überflüs-
sig du bist.

Gestern mit Birgit zur Montagsdemonstration, riesiger
Eindruck. Nun auch ich Klatscher und Rufer, gelegent-
lich sogar Anklatscher: »Stasi in die Volkswirtschaft!« –
Hoffentlich übersteht sie das, die Volkswirtschaft.

Hinter mir in der straßenfüllenden Menge, während des Klatschens: »Ob die jetzt schlafen?« »Nö. Die schlafen ni – Die ham 40 Jahre geschlafen, die brauchen jetzt ni mehr schlafen.«

Ab und an treffen wir Bekannte, aber jeder verschwindet jeweils wieder in der Menge, will in ihr unbeobachtet sein und auch als Kopfmensch einmal viele Füße haben.

In der Menge, die er sonst als Ellenbogen kennt oder als stumme Menschheitsabteilung vor einem HO.

Zug auf die Augustusbrücke zu, hinweg unter den Heiligen, die sich oben auf den Konsolen der Hofkirche barocker denn je benehmen und uns mit ihren unerhörten Gesten persönlich zu segnen scheinen.

Nun, da ich seine Straßen als Masse entlangwalze, könnte ich dieses Dresden sogar andeutungsweise lieben.

Auf der Augustusbrücke freilich ein heulender, an den Transparenten zerrender Wind, der die Rufe und das Klatschen mühelos übertönt, so daß der Zug nun still über den seine Industriescheiße wälzenden schwarzen Strom hinwegzieht: Es gibt auch so etwas wie Einsamkeit der Masse, immer dann wenn die Masse sich selber nicht mehr richtig hört. Ohnehin ist dieses zerbombte und zerbaute Dresden durch seine Weiträumigkeit denkbar ungeeignet zum Demonstrieren, selbst Tausende können sich in ihr rasch verloren fühlen.

Endlich wieder, am Bellevue, Hupen, Stakkatoklatschen, das den eigenen Herzschlag antreibt, Rufen, Fernsehkameras, Norddeutscher Rundfunk; nicht wahr, wenn die Medien da sind, demonstriert es sich gleich besser. Aber sonst? Wer hört uns eigentlich? Die Stasi, ja, aber die weiß, was sie hört, schon vorher. Also: Wir selbst.

Ich. Ich rufe gegen die Barrieren in mir an. Meine Ängstlichkeit, mein Duckmäusertum.

Diesmal geht der Zug auf der Bautzener Straße geradeaus. »Wollen die zur Stasi hoch marschieren?« – Diese lange, ziemlich dunkle Bautzener Straße lang, sozusagen gegen die eigene Angst an, gegen den Mythos von der allgegenwärtigen Kralle?

Plötzlich, ich habe selbst nicht bemerkt wie es dazu kommt, bröckelt der Zug. Es entsteht in seiner Mitte ein Hin- und Herlaufen und Gestikulieren, etliche wollen weiter, etliche bleiben stehen, andere brüllen aufeinander ein. Drüben ein Polizeiauto. Ein Sprechchor: »Einigkeit!« – an dem ich mich sofort beteilige, bis ich merke, daß mir gar nicht klar ist, was für eine Einigkeit da gemeint ist: Die derer, die weitergehen oder die jener, die dem restlichen Zug zur Innenstadt nachfolgen wollen. Dann kehren aber doch die meisten um. Die Stasi in uns hat gesiegt, die Angst ist zu groß und die lange dunkle Bautzener Straße zu lang und zu dunkel.

4. 11. 89

Daß uns die Handwerker nun schon wieder seit Wochen verlassen haben, ist uns gar nicht recht aufgefallen. Schlafen auf Matratzen in der Stube. Als müßte das so sein. Während der Wind durch die offengelegten Dachschindeln ins Schlafzimmer pfeift.

5. 11. 89

Besuche eine Zusammenkunft von Basisgruppen. Bin
geplättet über den Mangel an Konzeption. Wenn ich
meine erkläre, hört mir deutlich keiner zu. Drücke ich
mich denn derart undeutlich aus: Marktwirtschaftlich
orientierte Betriebe/gesellschaftliches Eigentum. Wähl-
barkeit der jeweiligen Chefs durch die Betriebsunter-
tanen. Zusätzlicher Motor des Ganzen: Gewinnbetei-
ligung aller.
Bin ich Lenin?

Nachts Nachhauseweg zu Fuß. Der Ahorn in der Auto-
kurve, wenige Blätter aus geknautschtem, nassen Gold,
gnadenlos angestrahlt von der Peitschenlampe des aus-
gehenden Jahrhunderts.

6. 11.

Die Zahl der Übersiedler wird nun schon pro Stunde an-
gegeben und geht allmählich auf die dreihundert zu.
In der Kaufhalle gibt es für Hierbleiber Radeberger Bier.
Ich angle mir, betont lässig, zwanzig Flaschen aus dem
Kasten und mache auf mich den Eindruck, es im Leben
zu etwas gebracht zu haben.
Um die Gaslaternen in Kleinzschachwitz, die auch in
den Westen verscheuert werden sollen, sind Zettelchen
gebunden: »Ich möchte hier weiterleuchten« – Großer
Himmel, ich auch.

Ulrike sitzt in ihrem Zimmer und heult, weil außer ihrem Hagen nun auch Oma rüberwill; sie hat sich schon ihre Rente ausrechnen lassen, vor allem aber wird es für sie ein Neuanfang sein. Gestern aus dem Westen zurückgekehrt, hatte sie gleich etwas Souveräneres, Westomimäßigeres, was wohl nicht bloß an ihrem plötzlich kreisrunden Ohrclip lag.

Mittwoch, den 8. 11.

Gestern Regierungsrücktritt. Die einstmals stillstehende Zeit ist in einen Galopp übergegangen, als wollte sie die verlorenen 40 Jahre wieder einholen. Landesweites Stuhlbeben und reumütiges Haareausraufen.
Wenn wir die plötzlich gewonnene Leichtigkeit nicht doch noch bezahlen müßten: Es wäre wider die Unvernunft der Geschichte.

10. 11.

Die irrsinnigste Meldung wieder früh am Morgen, da ich noch mit ohropaxverpaxten Ohren auf meinem Notbett in der Stube liege: Die Grenzen sind offen! Liebes Tagebuch, mir fehlen die Worte. Mir fehlen wirklich die Worte. Mit tränennassen Augen in der Küche auf und ab gehen und keine Zwiebel zur Hand haben, auf die der plötzliche Tränenfluß zu schieben wäre.

II. II.

Nachdem Dornröschen wachgeküßt wurde, erwachten die Majestäten und der »... ganze Hofstaat und sahen einander mit großen Augen an. Und die Pferde im Hof standen auf und rüttelten sich; die Jagdhunde sprangen und wedelten; die Tauben auf dem Dache zogen das Köpfchen unterm Flügel hervor, sahen umher und flogen ins Feld...« und selbst die Fliegen an den Wänden wunderten sich, warum sie so lange geschlafen hatten.

Teil III

17. 11. 89 – Im Zug, auf der Fahrt nach Freiburg

Wie gehen die Märchen weiter? Fahre erst einmal in den Westen: Über Karl-Marx-Stadt, das sie bestimmt bald wieder Chemnitz nennen werden. Die Grenzöffnung hat zu Schlangen vor den Polizeiämtern geführt, allein vergleichbar der Riesenschlange vor dem Mausoleum der Moskauer Leninwachsfigur. Aber: Ich habe noch nie eine so fröhlich vor sich hingrinsende, miteinander plaudernde Schlange gesehn. Da stellt man sich ja am liebsten, auch ohne was zu wollen, hinten mit an. Und die Polizisten? Junge Uniformdamen übergeben den Paß mit Augenaufschlag, sekundiert von weißhäuptigen Altpolizisten, die Amtsgesichter tiefgefurcht von jahrzehntelangen Erfahrungen in allen Fragen der Volksverbundenheit.

Nun, nach erteiltem Visum, darf ich meine 15,– DDR-Mark 1 : 1 gegen richtiges Geld eintauschen. Allerdings ist das richtige Geld überall schon alle. Nur in Neustadt in Sachsen, wo ich eine Lesung habe, gibt es noch welches. Gliedere mich für zwei Stunden in die Rathausschlange ein, gegenüber der von einem Balkon herabhängenden Losung: »Korrupte Genossen geht, denn wir wollen bleiben«. Kurz vor mir das Geld schon wieder alle. Dann eben Kneipe, aber zwei der Kneipen wegen Personalmangel geschlossen. Die dritte, die aufhat, also, da war ich schon. Bleibt die Bahnhofskneipe, kalt, kahl und schlimm verraucht; recht heimisch also, und die Bierhuckerin ausnehmend freundlich. Rings an den mit Biergläsern vollgestellten Tischen lauter Schwarze, die hiesigen Knochenarbeiter, die zu mir herüberstarren, als hätten sie noch nie einen Weißen gesehn.

Um so näher der Grenze, um so mehr Autos fahren neben dem Zug her auf die Grenze zu. Und jedes der Autos auf der Landstraße verkündet mit eiernder Radkappe: Ich fahre nach Westen. Ich heiße Trabant!
In Plauen – Sturm auf den ohnehin schon vollen Zug. Ich bekomme noch zwei Kinder neben mich, die, offenbar schwer kindergartengeschädigt, fortwährend aufeinander einschlagen, wenn sie nicht gerade den strubbligen Onkel neben sich, also mich, mit Vehemenz am Bart zerren.
Daß die Leute unbedingt ihre Winzlinge mitnehmen müssen.
Ein im Abteil anwesender Vogtländer belehrt mich: »Für die Würmer gibt's doch auch Begrüßungsgeld!«

Noch in der Nacht nach der Maueröffnung habe ich immer wieder den Fernseher eingeschaltet und mit meinen Blicken versucht, die auf der Mauer herumtanzenden Gestalten zu beschwören: »Macht keinen Mist Jungs, fallt nicht herunter und laßt mir unsere Grenzpolizisten ganz. – Bestimmt machen sie die Mauer gleich wieder zu, wenn ihr euch nicht ordentlich benehmt.« Keinesfalls durfte ich einschlafen, denn wenn ich einschlief, ging mir in Berlin die Weltgeschichte schief. Schließlich aber ergraute selbst der Fernsehapparat und für den Rest der Nacht fiel Schnee in mein Hirn.

Hinter Hof die ersten Sauberkeitsdörfer. Selbst die Wiesen scheinen plötzlich von viel tieferem Grün. Aber die

Kinder quengeln: »Wann sind wir endlich im Westen?«
Feierlich erkläre ich, daß dies der Westen sei. Eine Weile
schauen die Kinder hinaus. Dann aber – »Das soll der
Westen sein?« – wenden sie sich lieber wieder dem her-
vorragend am Bart zupfbaren Verfasser dieser Zeilen zu.

Traumgrundmotiv: Säle, Gänge, Eisenbetten, überall
Schlafende. Offenbar eine Kaserne, man hat mich zur
Armee eingezogen, der Krieg ist doch noch ausgebro-
chen, aber wo ist mein Bett? Auch in den Gängen wird
geschlafen, Treppen, schließlich ein langer, verwinkel-
ter Gang. Ich gelange auf eine Bühne, Hamlet. Ich breite
die Arme aus und beginne zu sprechen, ohne meine Rolle jemals gelernt zu haben.

> Was ist dein Leben, Freund? Mir scheint ein fernes
> leuchtendes Fädchen...

Das geht unerwartet leicht, und ich nehme mir vor,
diese hervorragenden Verse gleich morgen früh aufzu-
schreiben, aber da bleibe ich stecken. Unter mir die
Versammlung vieler tausend dunkler Köpfe. Ich schaue
mich um, aber auf der weiten Bühne bin nur ich, naturgemäß im Schlafanzug. Der endlose Augenblick der
Scham, aus dem nur sofortiges Erwachen hilft.

Erich Mielke vor der Volkskammer. Der Geheimnisträ-
ger vor den Augen der Öffentlichkeit. Der Sicherheits-
minister im Zustand der Unsicherheit. Ein schäbiger
alter Mann mit eigentümlich kahlem Gesicht. Sein nach
Worten schnappender Mund. Das Gelächter, als er behauptet, doch immer alles gemeldet zu haben. Von ihm

wären ja erst die Hinweise für die Wende gekommen. Nicht umsonst hätte man zu allen werktätigen Menschen hervorragenden Kontakt gehabt! Erneutes Gelächter: »Sie lachen über mich.« Völlige Verwirrung. Vielleicht hilft das sonst doch immer alle in eines fassende Strohhalmwort »Genossen«. Aber »Genossen« wollen die Volkskämmerer nun wirklich nicht mehr heißen. Unruhe und Protest: »Sie schimpfen mit mir.« Jetzt weiß er endgültig nicht mehr weiter. Was nun aus seiner Seele hervorbricht, ist die reine Wahrheit: »Ich liebe, ich liebe doch alle.« Gerade im dümmlichen erscheint das Menschliche besonders rein. Er liebt uns, er liebt uns alle. Daher mußte er uns vor uns selber schützen. Insofern gibt es das Böse gar nicht. Selbst Judas wollte seinen Herren nur vor sich selbst bewahren. Und mit dem Kuß, mit dem er ihn verriet, suchte er ihm besonders nah zu sein. So heißt das: »Ich liebe, ich liebe doch alle« ebenso: »Liebt mich, liebt mich doch alle.« Und während dieser Mielke-Fisch nach Worten schnappt, schauen ihm Millionen zu. Auch ich betrachte den kahlen Krempling mit unverhohlener Genugtuung: Der Täter wird zum Opfer und der Zuschauer zum Täter. Als wohnte ich einer Hinrichtung bei. So tut er mir am Ende nur noch leid.

Die Kinder im Abteil haben Westautos entdeckt. Nun sind sie für eine Weile zufrieden.
In Stuttgart steige ich um. Endlich sind die anderen weg. Daß wir aber auch derart heuschreckenartig über dieses wohlgeordnete Land herfallen müssen! Ob man mir den Ostler immer noch ansieht? Etwas elastischer federnd könnte ich auf dem Bahnsteig aber einhergehn!

Im Nebenabteil zwei Mädchen, auf schwäbisch die Arbeitsweise des Herzens repetierend. Bald aber horche ich auf, ertappt. Man spricht über mich:

»Die Zonis kommen jetzt alle«, sagt die eine, ziemlich Häßliche.

»Laß sie doch«, entgegnet die andere, die wirklich hübsch ist.

»Aber besser, sie fahren wieder«, beharrt die Häßliche.

»Wir hatten einen, der war ganz gut«, widerspricht die Hübsche.

»Geh«, sagt die Häßliche und erklärt der Hübschen, daß es sich in mir um einen Asozialen handelt. Selbst während der Arbeitszeit ging ich einkaufen. Umgucken würde ich mich hier.

Unter der Last der Argumente schweigt selbst das Mädchen, das ich liebe.

Auf dem Tisch meines Hotelzimmerchens ein handschriftliches Begrüßungsschreiben vom Kulturamtmann Krapf. Dazu je eine Flasche roten und weißen badischen Wein.

22. 11.

Die Lesungen im Freiburger Rathaus, recht viel Publikum, alle können mitreden. Der wohl übliche, hier allerdings gemäßigte Kampf zwischen Avantgardisten und Traditionalisten. Die einen erneuern die Literatur und die anderen schreiben trotzdem etwas. Die Avantgardisten erneuern die Kunst, indem sie derart eindrucksvoll auf sie verzichten, daß es auch schon wieder eine

Kunst ist. Manche von ihnen stellen das Elend in der Welt gleich an sich selber dar. Ärgerlicherweise nehmen sie von mir kaum Notiz. Vergeblich versuche ich beim Mittagessen, zu ihnen hinüberzunicken, aber wie immer hat es mich hoffnungslos an den Tisch der Traditionsverfasser verschlagen.

Frühmorgendliches und abendliches Gehen durch die innere Stadt. In den Schnittgerinnen der Straßen allenthalben glasklare Wasser, ein allgegenwärtiges Rinnsteinglucksen, die sogenannten Bächle, die straßauf-straßab, mal schmaler, mal breiter, dir bald entgegenkommen, bald dich eifrig überholen, und dich, wenn du nachts nach Hause gehst, von allen Seiten umrauschen und selbst oben in deinem Zimmer nach dir rufen, so daß du noch eine Weile am Fenster sitzt und hinunterstarrst in die enge, tönende Gasse. Wozu diese Romantisierungen? Etwa, um an Deutschland zu denken?

Stehle mich unter dem Filigran des Münsterturms hinweg ins Kircheninnere und versuche, einen frommen Eindruck auf mich zu machen. Die Lautsprecherstimme des irgendwo vorn im Kerzenlicht angesiedelten Geistlichen, die unversehens für »Unsere Landsleute in der DDR« bittet. Murmle, zu meiner eigenen Überraschung, das »Herr erbarme dich« mit. Wirbelsäulenfrost bis hinab zum Gürtel.

Draußen unterm Portal streckt mir eine Zigeunerin (»Jääsus Chriiistus«) die Hand entgegen. Da ich weiterwill, ist mein Gehn durch ein Kind erschwert, das an meinem Mantel hängt und bittend schaut. Rasch schüttle ich das Bettelwuschel ab und gehe über den Platz davon. Dann aber tue ich, als ob ich etwas vergessen hätte und kehre noch einmal um. Die Zigeunerin, weit drüben, auf der anderen Seite des Platzes, durchschaut mein Manöver sofort. Ein Ruf und das Bettelwuschel kommt erneut herangefegt. Ich gebe ihm eine vollständige Westmark, aber was ist der Dank? Es schlägt mich und will noch mehr. So ertappt bei meiner, mütterlicherseits ererbten Methode, im Großzügigen geizig zu sein, biege ich rasch in die nächste Gasse ab. Das Bettelwuschel aber hat sich an den nächsten Passanten gehängt.

In den Kaufhäusern regelmäßig eine leichte Übelkeit. Ununterscheidbar im Glanz, die Ketten und die Uhren, die Lampen und Pullover. Du aber fährst über dem glitzernd schäumenden Unrat hinweg die Rolltreppe empor, um erneut in demselben Lampen- und Pulloverchaos anzukommen, aus dem du eben aufgestiegen bist. Schwer, hier etwas zu kaufen, denn jedes will alles sein und alles ein anderes. Entweder du weißt nicht, was du wolltest oder du weißt nicht, wo es das Gewollte gibt. Findest du aber das Gewollte, hast du vergessen, ob es das Gewollte war. Schließlich kaufst du einen Kugelschreiber. Kugelschreiber sind immer richtig.

Von deinem Kaufhausekel erzählst du überall und alle bestätigen, daß es ihnen genauso ergeht.
Wieso aber betrittst du dann diese Konsumverliese wieder und wieder? Auch du badest dich gern in Schick und Glanz. Und wenn die Kaufhausstimme plötzlich verkündete: »Kling klong. Heute ist alles kostenlos. Nehmen

Sie sich, was Ihr Herz begehrt« – würdest du dann auch
nur einen Kugelschreiber hinaustragen? Das Hochge-
fühl, das Westgeld verleiht, übersteigt noch die Anziehungskraft der Dinge. Darum vorerst nur einen Kugelschreiber.

Meine Landsleute, lese ich, treten in Berlin in solchen
Massen auf, daß sie zeitweise sogar die Westregale leer-
fegen. Allenthalben bildeten sie Schlangen, Vater, Mutter, Kind: Selbst vor den Geschlechtsläden der Beate
Uhse. So zäh sind die Verhältnisse, denen wir zu entkom-
men suchen, daß sie sich uns sofort an die Füße heften.
1000 Tonnen Müll haben wir zusätzlich in Berlin zu-
rückgelassen. Und Fettflecke an den Scheiben der Auto-
salons: Die Spuren unserer plattgedrückten Nasen.

Mehrere Zeitungen zugleich beschreiben unsereinen als
einen hungrig dreinblickenden Menschen im Einheits-
anorak. Als würden wir den anderen Deutschen nicht
oft auch gleich erkennen: Allein schon an der Sattheit,
die ihm auf die Stirn geschrieben steht. Nicht umsonst
ist sein Hauptgesichtsrepräsentant der derzeitige Bundeskanzler.

Gleich hinterm Schwarzwälder Hof schimmert ein wenig Berghang durch, Buchenwald, der mich von fern
an meine engere Heimat erinnert. Steige hinauf, ohne
einen Überblick zu bekommen und versuche vor mir
geheimzuhalten, daß ich mich langweile. Im Wald, nicht
wahr, kann ich auch zu Hause herumtappen. Dann aber,
dunkel überwachsen, ein ganz schöner Brummer von
Berg. Allmählich komme ich ins Wandern. Nun aber

allenthalben an der Strecke Schilder, die mich zu sofortigen Liegestützen, mehrfachem Rumpfbeugen und gestreckten Seitsprüngen auffordern. Mit kühner Stirn gehe ich vorüber. Ein hölzernes Gestell am Wegesrand deutet auf noch Schlimmeres hin. Allenthalben schimmern die schockfarbenen Anzüge rasch Dahineilender durchs Gesträuch. Noch die steilsten Wege kurbeln sich Fahrradfahrer empor. Wieder und wieder beeile ich mich, den Weg freizumachen für diese vom Ernst des Lebens so tiefgeprägten Gestalten. Noch auf der Aussichtsturmtreppe bespritzt mich ein treppauf Rasender mit seinem Schweiß. Oben die Aussicht aber ist eine wirkliche Aussicht. Unter mir eine, in Sachsen unbekannte, dunklere Baumart, womöglich Tannen. Wie selbstverständlich fahren die Waldungen auf und nieder und Kuppe an Kuppe betupfelt den Horizont: »Grüß Dich Deutschland, aus Herzensgrund.«

Deutschland? Nun ja, vielleicht ein ohnehin immer wieder Abwesendes. Eine vor allem in der Sprache aufgehobene Geborgenheit; in Mutterwörtern wie Anmut und Trauer, Fröhlichkeit und wegen mir auch Fleiß. Aber was wird das die Zukunft kümmern? Schwebt über meinem Haupt nicht schon der Bundesadler?

Abends erklärt mir Dr. Krapf mit Nachsicht, daß jene sich mühelos Richtung Horizont ausdehnenden Wälder der SCHWARZWALD gewesen wären. Durch Hauffs »Kaltes Herz« ist mir dieser Schwarzwald so märchenfern, daß ich gar nicht erst angenommen hätte, daß es ihn wirklich gäbe. Und der Zeigestock des Lehrers in der Schule nutzte die ohnehin unerreichbaren Landschaften des anderen Deutschlands gar nicht erst ab, so daß allein schon ihre Namen ein fernes unerhörtes Leben zu meinen schienen. Doch während wir nun hier in FREIBURG beim Wein sitzen, erscheint im Fernsehn DRESDEN: In einem einzigen Schwenk eine grinsende Barockfigur, ein Raster aus 100 000 demonstrierenden Köpfen, Fahnen und Plakaten sowie Herr Schönemann vom Staatstheater.

Vor dem Schlafengehen setze ich mich noch einmal in einen Gasthof. Über eine Zeitung gebeugt, beuge ich mich von fern über die arme DDR und nähre meinen Landeskummer Wort für Wort mit badischem Wein. Es steht schlecht während meiner Abwesenheit. Die DDR-Mark wird angeblich schon 1:20 getauscht, und zwischen den Zeilen erscheinen die ironisch gekräuselten Stirnen der Kommentatoren. Die einzige Chance der DDR: Sich von diesem Land schlucken zu lassen.
Das Schlimme ist, daß sie womöglich recht haben.

Die Männer am Tresen schauen zu mir herüber: Nun habe ich es schon auf ihre Steuergelder abgesehen.

Gewiß ist der Westspießer gegenüber dem Ostspießer noch viel fürchterlicher. Es schadet dem Charakter, einer der reichsten Männer der Welt zu sein. Reichtum bringt auf die Idee, ihn sich verdient zu haben.
Andererseits glaube ich gerade hier fortwährend richtige Menschen zu treffen. Nicht einmal die Lehrerinnen und Lehrer unterliegen der bei uns doch gerade für diesen Berufszweig üblichen Gesichtsverhärtung. – Während meiner Lesung in einer Freiburger Schulklasse ent-

stand peinlicherweise plötzlich ein Tumult, so daß auch mir nichts anderes einfiel, als immer lauter zu lesen und schließlich sogar den Text zu brüllen, aber was tat der Lehrer? Er stellte sich vor die Kinder hin und war traurig; und die Kinder waren still. Überhaupt treffe ich andauernd Leute, denen ihre Arbeit offenbar Spaß macht. Dergleichen scheint sich schon im Straßenbild auszudrücken: Ein allgemein freimütigeres Dreinschaun und lässigeres Gehn. Vielleicht spielt da auch Kosmetik und Gutangezogensein eine Rolle, ja überhaupt ein gewisser, systembedingter Zug zu positiver Selbstdarstellung. Andererseits aber zwingt die hier viel stärkere Fixierung auf den rasch verbrauchten und immer wieder neu angelieferten Augenblick, wenigstens diesen Augenblick einigermaßen zu leben.

Freilich geht damit der hiesige Augenblicksmensch ziemlich nahtlos in sein System ein, das er schon von daher das freiheitliche zu nennen pflegt.

Und sein Kollege im Osten?

Zwangsweise fixiert auf eine gar nicht erst existierende Gegenwart der falschen Zukunftsversprechungen, nimmt er selbst den Augenblick nicht wahr. Und kommt schon einmal ein ordentlicher Augenblick vorüber, so darf er ihn nicht anerkennen, um sich weiterhin selbst beweisen zu dürfen, wie sehr er betrogen worden ist. Dafür hat dieser Bürger den Vorteil einer, wenn auch geduckten, Renitenz. Fortwährend murrend bewahrt er sich Abstand zum System. Schon sein verkniffenes Gesicht deutet auf ein realistisches Weltbild hin. Die Frage »Hast Du Lust?« gehört, mit entsprechender wegwerfender Gebärde, zum Morgenritual eines jeden volkseigenen Werktätigen. Die Geschichte der DDR als Geschichte eines vierzigjährigen Bummelstreiks.

25. 11. 89

Im Abteilfenster des Zuges erscheinen mir noch einmal die Schwarzwaldberge. Sie sind wirklich ziemlich
schwarz. Noch immer halte ich es für unglaublich, einmal hierhergefahren, ohne weiteres wieder hierherfah-
ren zu dürfen.
Insofern ist, wenn auch nicht vor allem, das Wort
Deutschland eben doch nicht nur Utopie. Auch das
Land selbst, eine gewisse Weite in der vielgestaltigen,
traulichen Enge. Die Erfahrung, daß hinter Sachsen-
Preußen dir Leute auf etwas andere Weise nah sein können als Leute anderer Länder. Eine Liebe, die anderwei-
tige Liebe nicht ausschließt.

Neben mir im sonst fast leeren Zug weint eine junge
Frau. Schon über eine halbe Stunde weint sie. Mit allmählich steif werdendem Hals schaue ich hinaus. Noch
nie hat ein Mädchen neben mir so fürchterlich ge-
weint. Da aber öffnet der Schaffner leise die Tür. Leise
tritt er an sie heran. Leise fragt er: »Kann ich Ihnen helfen?« Das Mädchen schüttelt den Kopf, während sich
der Schaffner mit dem Ausdruck tiefsten Bedauerns entfernt. Was für ein Mensch! Was für Knipsfleze da doch
die Schaffner bei uns zu Hause sind! Niemals wäre einer
von ihnen auf die Idee gekommen, ein weinendes Mädchen zu fragen, ob er ihr helfen könne. Und ich? Hartnäckig schaue ich zum Fenster hinaus, während sie noch
viel fürchterlicher zu weinen beginnt.

Unterbrechung in Stuttgart: Den Klang dieses Namens (Hölderlin, Mörike) vermag freilich weder ein Gang um den Bahnhof noch ein Blick vom Fernsehturm einzulösen. Ähnlich wie Dresden scheint die Stadt zerdrieselt zwischen Bergen zu liegen.

Reisen, sagt mein Freund Hegewald, bedeutet auch, Stück um Stück Utopie zu vernichten. Vielleicht gut, daß ich den Schwarzwald nur mehr von oben gesehen habe.

In Hof erfahre ich, was der Satz heißt: »Der Bahnsteig war schwarz von Menschen.« Da ich einen Sitzplatz besitze, fühle ich mich den Leuten draußen insgeheim überlegen, aber bald verfalle auch ich in eine sanfte, das Blut zu Kopf treibende Sitzplatzpanik: Immer näher kommendes tumultuarisches Füßegetrappel. Stampfen und Waggonbeben, kontrapunktiert von markerschütternden Karl-Heinz-Rufen.

Die Abteiltür wird aufgerissen. Ein Mann mit Jägerhut erklärt, daß hier noch Platz sei und stellt seinen Koffer auf mich ab. Eine dicke Frau bricht in Weinen aus, da ihre Ausmaße kein Niedersitzen zulassen, aber dann preßt mich die Kraft der Umstände doch erbarmungslos gegen die Abteilwand. Der Zug fährt an. Offenbar sind alle mitgekommen. Nur ein Kinderschuh liegt noch auf dem Bahnsteig. »Wie fünfundvierzig« murmelt, den Kopf in die Hände gestützt, der Mann mit dem Jägerhut.

Teil IV

2. 12. 89

Wie gehen die Märchen weiter? Trotz aller Umwälzungen liegt noch dasselbe Weißkraut im Gemüseladen. Dafür bringt das Fernsehen Abend für Abend neue Enthüllungen, die zwar so enthüllend nicht sind, aber das Volk braucht seinen Zorn und nimmt der Funktionäre Kleinhäuslein in Wandlitz und Honeckers Jagdgewehre als Metapher für den eigentlichen, aber eben unfaßbaren Betrug: Den Diebstahl der Jahre im Namen einer sich verflüchtigenden Zukunft. »Wie hat man uns betrogen«, rufen die Genossen und nutzen die Gelegenheit, im letzten Moment noch ihre Parteibücher hinzuwerfen. Allgemeine moralische Empörung, um von sich selber abzulenken: Der jahrelangen Duldung trotz jahrelangen Andersdenkens. Jedenfalls bleiben die Zeiten auf Trab. Selbst Egon Krenz, das Unschuldshuhn, wird bald den Rückzug antreten müssen.

3. 12.

Sagte ich es nicht? Als Parteichef mußte er schon gehn.

Der Kreis schließt sich: Ebenso saß ich vorgestern noch nach Mitternacht am Fernsehapparat, wie vor 13 Jahren vor dem Radio, und lauschte, damals freilich mit noch glühenderen Ohren, Biermanns pathetisch-schnoddrigem Geheul: Sang dieser Mensch wirklich wieder hier, in Leipzig? Noch immer hinkt der Kopf den Tatsachen hinterher. 13 Jahre: Wenigstens mit lebenslänglich hatte ich gerechnet. Daher die ohnmächtige Verzweiflung bei gleichzeitiger Bereitschaft, mich einzurichten im Verfall.

Heute, am ersten Advent, besteht unsere Aufgabe darin, eine Menschenkette quer durch die ganze DDR zu bilden. Vorerst gibt es freilich nur eine Autokette, aber schließlich gelangen auch wir aus dem Elbtal hinaus in Richtung der Schneefelder. Überall am Straßenrand Leute mit Kerzen, Fahnen und Transparenten. Großes Einander-Zuwinken unter der Überschrift: »Wir sind das Volk«. Endlich findet sich eine einigermaßen annehmbare Lücke. Unser familiärer Menschenkettenbeitrag, einschließlich Mäusel-Oma und Rudi Opa, beträgt immerhin seine 9½ Meter. Meine rechte Hand hält die mir vertraute Hand meiner Tochter, meine linke Hand ruht in der Hand eines fremden Mannes, so daß sie, seiner Hand sonderbar ausgeliefert, sich kaum zu rühren wagt, geschweige denn, loszulassen, zumal jedes Loslassen die Kette der Menschen von hier bis Rostock unterbrechen würde.

Der Autoverkehr ruht. Von oben, von der schneeblitzenden Höhe, schaut minutenlang die reglose, schwarze Gestalt eines Mannes, auf die ihrerseits zu ihm heraufschauende Menschenschlange herab.

Einmal will noch ein Auto vorbei, aber die Menschenschlange versperrt ihm die Straße, je nachdem, auf welcher Seite er vorbeizufahren sucht. Das Spielchen macht auch mir Spaß. Gerade Autofahrer müssen hin und wieder ordentlich durchgequält werden. Da aber kommt eine dieser neueren, emanzipierten und doch engelshaften Frauen: »Sind wir nicht auf die Straße gegangen, daß keinem mehr vorgeschrieben wird, was er zu tun und zu lassen hat?« Vor sich selbst erschrocken macht die Schlange Platz. Das Auto sieht, daß es fortkommt. Drin sitzt ein Jüngling mit ausgesprochenem o.k.-Gesicht: Der künftige Sieger der Geschichte.

Noch immer ruht meine linke Hand in der Fremdpranke des Mannes links von mir. Jemand singt »Das Wandern ist des Müllers Lust«, aber das hilft mir auch nicht recht weiter. Endlich aber, zum Glück sind Kirchenleute in der Nähe, stimmen sie das DONA NOBIS PACEM an, so daß sich unsere Menschenkette bis hinauf nach Rostock doch noch mit Sinn erfüllt.

Für nachmittags zu einer Adventfeier eingeladen, aber statt Advent das Gewirr unserer politisierenden Stimmen, das nun schon seit fast zwei Monaten anhält und wieder angefacht worden ist durch Waffenhandel, Funktionärswälder und Devisenschiebereien. Die Anhänger einer hiesigen Selbständigkeit haben einen schweren Stand an den Tischen. Ich soll etwas vorlesen, aber da schlurren die ersten schon wieder mit den Füßen, weil im Fernsehn gleich die Nachrichten kommen.

Biermann: »Die Franzosen sind ärmer als die Westdeutschen, leben aber besser.«

Solche Worte in Volkes Ohren.

4. 12.

Der Umfang der Funktionärswälder überrascht auch mich. Seltsam, daß ausgerechnet das Politbüro so gewaltige Jäger hatte.

Auch Göring soll ein großer Jäger gewesen sein.

Als kleiner Junge habe ich einmal mit dem Luftgewehr einen Spatzen aus der Dachrinne geschossen. Das glückhafte Erschrecken, als er wirklich herabfiel. Aber dann mußte ich den Vogel begraben. Der Jäger hingegen setzt seinen Triumph fort durch Zählung, Trophäe und Verzehr.

Die Tattergreise mit der Flinte. Staatsjägerei als Transformierung der Macht ins Sinnliche. Gerade im Töten vollzieht sich der eigentliche Zweck der Macht: Sich anderes Leben anzueignen, um sich somit die eigene Potenz und Auserwähltheit selbst zu bestätigen und dem ohnehin in jedem Menschen vorhandenen Gefühl letztendlicher Unsterblichkeit immer neue Nahrung zu geben. Das Politbüro auf der Pirsch: Eine sublimierte Form von Funktionärskannibalismus. Was für ein Anblick für einen Hirsch, wenn ausgerechnet im Moment seines Todes das bleiche und starrbebrillte Antlitz unseres Staatsratsvorsitzenden hinter den Büschen auftauchte.

5. 12.

Als ich Birgit von meinem Verhalten nach der Ausweisung Biermanns erzähle, will sie nichts davon hören. Es verträgt sich nicht mit der Vorstellung, die sie von mir hat.

Mit meiner Vorstellung von mir verträgt es sich auch nicht. Zwar machte ich erst einmal ein paar Wochen krank, doch als ich ans Literaturinstitut zurückkam, war die Aktion »Böser Biermann« erst recht in vollem Gang. So versuchte ich es mit einer eigenen Erklärung, die, freilich schon sprachlich ein Akt der Unterwerfung, zaghaft von zu diskutierenden Problemen sprach.

Nun bestellte man mich eine Treppe höher: Wieso ich dem Professor Max Walther derart in den Rücken fiele?

Es geht um den Sozialismus, sagte ich bescheiden.

Darum geht es uns auch, war die Antwort: »Gerade wer Veränderungen will, muß unterschreiben.«

So viel Dialektik war zuviel für mich. Ich unterschrieb.

Leider kann ich nicht einmal in Anspruch nehmen, den Spruch von den Veränderungen nicht durchschaut zu haben. Was ich glaubte war, daß es jetzt noch nicht so darauf ankäme. Daß ich noch jung wäre und folglich noch Zeit hätte. Infantilität als Maske: Sich vor der Macht zu schützen und vor ihr zu verbergen. Auf diese Weise hatte unsereins nie groß was zu melden. Noch jetzt, mit immerhin vierzig Jahren, gelte ich als junger Autor. Bin es auch ein wenig, denn Machtlosigkeit hält jung, nicht wahr?

Infantilität als Machtkalkül der machthabenden Greise.

6. 12.

Vorgestern abend. Der Theaterplatz füllte sich noch, als drüben auf der anderen Brücke im Gegenzug längst schon wieder Lichter herüberschimmerten und gewiß die ersten Demonstranten vor den Mikrofonen ankamen. Über uns das Donnern der Hofkirchenglocken. Nicht allzu viele Deutschlandfahnen, denke ich, aber dann sehe ich immer mehr, und Plakate über Plakate, noch nie hat es so viele Plakate gegeben. Die täglichen

Unglücksbotschaften haben sich verdichtet zu einem grenzenlos jubelnden Haß. Der wird für die nächsten Wochen reichen. Auch mich läßt nun der Zeitgeist spüren, daß dieses Land längst ist, was ich mit jedem Jahr deutlicher kommen sah und zuletzt doch noch für verhinderbar hielt: Konkursmasse. Das doch friedlich gemeinte Hofkirchenglockengedröhn ist zum Sturmläuten geworden. »Nun stinkts zum Himmel!« steht auf dem Plakat eines Bekannten, der grinsend an mir vorübertreibt. Allenthalben Honeckerbilder: Honecker, hinter Gitter. Honecker im Sträflingsanzug. Honecker mit säuberlich aufgemalter Gefängnismütze: Aber so richtig lachen kann ich nicht, denn schließlich war er schon im Gefängnis gewesen, als unsere Eltern noch den Hitlergruß übten. Am Straßenrand steht ein Mann mit Stock und dunkler Brille und hält der Menge ein winziges Plakat mit der Aufschrift »SED« entgegen: Der Blinde mit dem Krückstock. An den Lichtmasten Steckbriefe: »Gesucht Egon Krenz – Genannt Don Promillo. Wegen Widerstands gegen die Volksgewalt. Belohnung: $ 0,0000.«

Hartnäckig hält sich oben am Portal der Hofkirche das Häuflein der Vereinigungsgegner, ehe es in den Fahnenzug einschwenkt und stumm hinter den »Deutschland-einig-Vaterland-Rufen« hertrottet.

Auf dem Platz schärfste Reden. Christa Wolf und Stefan Heym, jahrelang hochgeachtet, werden nun, als Urheber eines Vereinnahmungswarnrufs, mit deutlichem Haß genannt. Ein Soldat hat kurzerhand seinen Dienst im Wachregiment aufgekündigt und fordert einen »Nürnberger Prozeß in Leipzig« samt Wiedereinführung der Todesstrafe. Das gibt den größten Beifall des ganzen

Abends. Sobald von Deutschland die Rede, gehen die Fahnen hoch. Weniger das, sondern wie sie Deutschland rufen.

Deutschland als Knüppelwort.

Mir ist kalt. Ich gehe.

Schreibe, noch in der Nacht für das hiesige Forumblättchen einen kleinen Artikel:

Die verkauften Pflastersteine

Dieses Jahr ist am Rande von Dresden die Pirnaer Landstraße verkauft worden. Ein Straßenarbeiter, der einzige, den ich kenne und gewiß so ziemlich der letzte Erdarbeiter, der hier noch vorrätig ist, versicherte mir, daß die von drüben die Pflastersteine mit ihrer Technik ohne weiteres abtransportiert hätten. Obwohl die Pirnaer Landstraße zu Teilen nun im Hunsrück oder im Taunus, in Freiburg oder in Bremen liegt, heißt sie hier, Asphalt drüber und damit fertig, noch immer Pirnaer Landstraße.

Ach wäre ich ein Pflasterstein,
Ich könnte längst im Westen sein.

Dichtete Volksmund hierzu. So eine Anziehungskraft hat der Westen. Selbst die Pflastersteine sehen, daß sie fortkommen. Und den Pflastersteinen folgen die vielen Füße. Von den vielen aber, die vor kurzem noch »Wir bleiben hier!« riefen, wollen unterdessen etliche auch nach drüben, nun aber möglichst gleich mitsamt dem gesamten Land. Natürlich, sie sind das Volk, und es wird wohl abgestimmt werden müssen, und falls sie, wie unterdessen schon zu vermuten, eine Mehrheit hätten, wäre diese Mehrheit nicht nur zu akzeptieren, sondern Gesetz.

Doch wenn schon ein einziges Deutschland, dann bitte doch ein solches, das auch anderen Nationen nützt, etwa ein neutrales, eines, das keine Kriege mehr zu führen vermag und höchstens noch seine Aufsichtsräte das Fürchten lehrt.

Vielleicht sogar eines, das anderswo ein paar Leute weniger verhungern ließe.

Derzeit aber hieße Vereinigung neue Fremdbestimmung, erneuten Ausverkauf.

Nach Hammer und Sichel im Nacken möchte ich nicht unbedingt einen Mercedes-Stern auf der Stirn tragen.

Noch träume ich davon, daß die Pflastersteine eines Tages wieder fast von selbst auf die Pirnaer Landstraße zurückkehren könnten: Von Deutschland nach Deutschland.

6. 12.

Das Pamphlet ist mißlungen. Es verlangt zuviel von der gegenwärtigen Landes- und Weltgeschichte. Zwecklos, den Fremdbestimmten mit Fremdbestimmung, den Ausverkauften mit Ausverkauf zu drohen. Keine Experimente, stand auf den Plakaten.

Daß das Volk aber auch andauernd »Wir sind das Volk« rufen mußte. Ich dachte schon, sie meinten, daß sie nun auch etwas zu sagen haben wollten: Die Revolution als Einlösung der Utopie zerstört die Utopie gleich mit.

»Die Erde aufgeteilt gerecht – Wir hätten's gern gesehn«,
sagen die Hirten im Gedicht.
Nun ja, dann eben marktgerecht.

7. 12.

Das weiße Haus der Staatssicherheit ist gestürmt worden. Ziemlich rasch soll sich das Eisentor der aufge-
brachten Menge geöffnet haben. Unten im Keller Bündel mit vorgedruckten Formularen samt Banderole:
»5000,– M für Hinweise zur Aufdeckung staatsfeind-
licher Aktivitäten.« Nur noch die Unterschrift hätte
gefehlt. Gemeinsam mit der Polizei kontrollierte man
nun das Gelände und jede diensthabende Aktentasche:
Die Bewachten bewachen die Bewacher. Trotzdem kann
ich mich nicht recht freuen. Diese neuere Methode, auf
die alte Art Deutschland zu rufen, steckt mir noch immer in den Knochen. Außerdem muß ich an meiner
Endlosgeschichte »Vom Mann, der immer einsam ist«
weiterarbeiten. Freilich hätte es auch mir gutgetan,
mit dem Ruf »Ich will meine Akte sehn«, durch die Kor-
ridore der Macht zu hüpfen. Allerdings sollen die Pan-
zerschränke meist schon leer gewesen sein. Der Sicherheitsdienst wäre nicht der Sicherheitsdienst, wenn er
sich nicht rechtzeitig in Sicherheit gebracht hätte.

8. 12.

Houfek ist natürlich dabeigewesen. Bei ihm in der Neustadt war es gleich herum, daß oben auf der Bautzener

Straße etwas losginge. Ob es für ihn befreiend gewesen wäre? Eigentlich nicht. Die Weitläufigkeit des Geländes, die Dunkelheit, die Vielzahl der Gebäude über den Hang hinunter bis zur Elbe. Houfek, über fünf Stunden umherirrend zwischen anderen Umherirrenden. – Nicht befreiend, eher unwirklich: wie der Staatssicherheitschef Böhm, fortwährend stolpernd über vorgestreckte Füße, herausgeführt wurde durch das Spalier der fluchenden Menge. Wie andere heraustraten mit eckigen Aktenkoffern und gemeinen Gesichtern. Wie einige nur ihre normalen Gesichter hatten. Wie mancher einen Jüngling in Turnschuhen darstellte. Wie etliche dabeiwaren, von denen man schon immer wußte, daß sie dabeigewesen sind, diese riesigen Kerle mit dem hoffnungslos einverstandenen Gesicht. Eigentümlich schlaff standen sie nun da, die Augen unstet und die Bäuche wie ausgeklinkt. Wie einer von den Turnschuhtypen loslief und in einem Bau verschwand, der als Archiv galt. Wie die vergitterte Tür zuging, und auch Houfek draußen tobte. Wie aus einer anderen Tür wieder jemand herausgeschossen kam, schräg in die Menge hinein. Und Houfek? Houfek hinterher und andere mit ihm mit, bis der Verfolgerschwarm den Flüchtenden griff, aber dieser plötzlich durch eine versiegelte Tür entkam. Wie die Tür nur ein lächerliches Kronenkorkensiegel hatte und alles nach dem Staatsanwalt rief, aber der Staatsanwalt wieder nicht greifbar war. Wie plötzlich eine Frau verkündete, daß unten auf der Elbe ein Schiff liege, um alle Akten abzuholen, und viele den Elbhang hinunterliefen, aber Houfek nicht, da es dann doch hieß, die Sache sei geklärt und die Strompolizei schon unterwegs. Wie Houfek, aber eben nicht nur Houfek, vor einem Gründerzeithaus stand, in dem man den Hauptcomputer vermutete, obwohl das Haus völlig unbeleuchtet war. Wie Staatsanwalt und Superintendent dann hineingingen, und da drin im Finstern wirklich Leute saßen und sicher bis zuletzt alles gelöscht und vernichtet hatten. Wie Houfek durchs Hauptgebäude ging und gelegentlich in ein Büro sah, und Männer darin saßen und sich nach ihm umwandten und womöglich, so wie Houfek nicht wußte, ob sie bei der Staatssicherheit waren, ihrerseits nicht wußten, ob der hereinschauende Houfek oder wer hier überhaupt bei der Staatssicherheit war. Wie ein Häftling im Keller vor der offenen Zelle stand und Houfek als dem Fünfhundertsten geduldig erklärte, daß er Autos zusammengeflickt und schwarzverkauft habe und hier nun den Klempner machen müsse. – Befreiend keinesfalls. Ein ungreifbarer, noch im Gedächtnis fortwachsender Mythos, ein unterirdisch verkabeltes, minoisches Labyrinth, in dem weit nach Mitternacht noch immer die Menge kreiste, als sich Houfek endlich davonstahl. Zur Erinnerung nahm er sich aus einem der verwüsteten Büros den Lohnstreifen eines Oberleutnants mit: Bruttolohn 1780, Nettolohn 1850 Mark.

9. 12.

Jetzt steht das Gerüst fast schon ein Jahr vor unserem Fenster. Ob der Dachdecker auch schon im Westen ist? Vielleicht werden Gerüst und Haus sich noch ein wenig gegenseitig halten, ehe sie endgültig zusammenfallen.

10. 12.

In der Sauna kocht es. Trotz des mahnenden Schildes:
»Schwitze und schweige« erhebt sich, als wäre der Geist
in die Männer gefahren, über ihren Köpfen eine Wolke
aus Drohungen und Flüchen. »Denkste die gehn? Die
sehn einfach nich ein, daß se uns viertzsch Jahr zur Sau
gemacht ham.« Ich, nackt, zwischen den nackten Sach-
senwerkern bin der einzige, der wirklich schweigend
schwitzt. Anstatt mich den Fragen der Menschheit zu-
zuwenden und den Männern ihre Interessen jenseits
von Neckermann zu erklären, beeile ich mich, zu nik-
ken, damit sie mich nicht etwa für einen von denen halten, die sie vierzig Jahre lang zur Sau gemacht haben.
»Bis nach Barcelona für 185 Westmark!«
»Was soll denn der Vauuweh dann hier bei uns kosten?«
»Bei uns? Junge! *Bei uns* gibt's dann doch nicht mehr.«

In Berlin, erzählt Patricia, hat es am Übergang Inva-
lidenstraße Verpflegungsbeutel mit Bananen gegeben.
Als die Bananen alle waren, stellten sich meine Landsleute nach den leeren Plastbeuteln an. Aber in Lübeck,
so höre ich, sollen sie, als man ihnen Bananen zuwarf,
gerufen haben: »Wir sind doch keine Affen.«

Das bißchen DDR-Selbstwertgefühl: Bankrott gegangen mit den Bankrotteuren und aufgesogen vom Glanz
der Kaufhäuser.

Der schrille Ton der Zeitungen. Auch oft nur der Versuch, von eigener Mitschuld abzulenken.

Jemanden habe ich sagen hören: »Ich darf jetzt nur so laut sein, wie ich vorher versucht habe, laut zu werden.«
Dieser Satz ist so leise gesagt worden, daß ich vergessen habe, wer ihn gesagt hat.

11. 12.

Friedemann meint, die neugewonnene Freiheit wiege in keiner Weise die tägliche Katastrophenerfahrung auf. Je größer die Katastrophe, desto größer sei schließlich das eigene Versagen gewesen.

Jetzt bewege ich mich nur noch an den Rändern der Montagsdemonstrationen entlang. Trete immerhin auf einen jungen Mann zu, der ein paar Demonstranten besonders laut »Rote Schweine« schimpft. »Das sind doch keine Schweine«, sage ich und rechne fest damit, eins auf die Nase zu bekommen. Aber sofort tritt unter der Maske des Bösen der gute Junge hervor: Ach, er sage doch nur seine Meinung.

11. 12.

Den Hauptschock mag es für unsere Leute gegeben haben, als sie mit ihrem Trabant über die Grenze fuhren. Ausgerechnet über ihr Auto, ihr sonntags doch auch geputztes Auto, auf das sie jahrelang gespart und oft noch länger gewartet hatten, lachte ganz Europa.

12. 12.

Besuchen Schwiegermutti in Westberlin. Die meisten ihrer Arbeitskolleginnen sind schon vor ihr hierherge-zogen, selbst die Rote Lotte, aber mit der Roten Lotte will keiner was zu tun haben. Alle haben sie im VEB Cautasit gearbeitet, ausgerechnet in diesem Niedersed-litzer Asbestbetrieb, an dem Onkel Reinhart schon vor 25 Jahren zugrunde gegangen ist, aber die Frauen haben überlebt. Nun sitzen sie im Westen und machen jedes Jahr ein, zwei Reisen und das Restgeld bekommen die Enkel im Osten, und ich sitze zwischen ihnen und habe auch überlebt und versinke so lange in den umliegenden Schultheißbieren, bis sich der Wellensittich selbst mir gegenüber positiv zu äußern beginnt.

Obwohl die Umwälzungen noch im Gang, sind am Ost-berliner Fernsehturm schon ihre Sprüche und Fahnen zu betrachten. Geschichte, um zu sagen, daß man dabei-gewesen ist. Bereits Goethe hielt bei der Kanonade von Valmy Anwesenheit für das Allerwichtigste.

18. 12.

Die Montagsdemonstration, am Kohlvorabend. Erneu-tes Einherschleichen unter den nun noch viel größeren, von den Stürmen der Begeisterung und des Zorns hin und her bewegten Deutschlandfahnenwäldern. Manche Fahnen an sehr langen Stangen, so daß sie besonders hoch hinausgereckt werden können. »Heute soll überlegt werden, was wir erreicht haben«, sagt der Redner, »und, was wir noch wollen«. – »Deutschland, Deutschland.« Das Wort läßt sich erstaunlich rasch hintereinanderweg rufen, so daß eine Art Deutschland-Gehechel entsteht.

Da ich über ein Eisengitter gelehnt, zu dem Sprecher hinüberschaue, tippt mich jemand hinterrücks sacht an, und zwei Burschen mit kahlgeschorenen Schädeln überreichen mir stumm eine Papierrolle, ehe sie in der Menge verschwinden. Ganz allein ich, nur ich, war ob meines verwirrten Gesichtsausdrucks unter Hunderten für würdig befunden worden, den zur Hälfte in russisch verfaßten und noch immer von revolutionärem Elan geprägten, arbeiterfaustverzierten »Spartacisten« überreicht zu bekommen. »Was haben wir bisher gehabt«, ruft der Redner, und ein Mann neben mir murmelt: »Den Schaden.« Allmählich versuche auch ich mir beizubringen, daß diese Art Deutschland zu rufen, nicht nur ein nationaler, sondern schon ein Schrei aus der Tiefe ist. Jetzt aber wartet der Volkslümmel schon eine ganze Weile vergeblich auf einen Anlaß für erneutes, platzweites Deutschland-Gehechel, denn Professor Schiller liest ihm die Leviten: »Die Wirtschaft sieht katastrophal aus. Katastrophaler als Sie denken.« – »Sie werden arbeiten müssen«, ruft der Professor Schiller, und die rings ins Dunkel verteilten Lautsprecher wiederholen scheppernd seine Worte und schlagen mir das »Arbeiten müssen« noch um die Ohren, da ich schon die Flucht ergriffen habe.

19. 12.

Allmählich bin ich es endgültig satt, zu diesen Demonstrationen zu gehen, aber was soll man machen, wenn
heute der Bundeskanzler zu Besuch kommt? Vor dem
Kulturpalast allenthalben Diskutanten bei vorherrschen-
den Frauenschimpfstimmen. Ein junger Mann wird ge-
zwungen, sein Plakat, auf dem die Bundesrepublik als
eine Art geographisches Monster die DDR fressen will,
herunterzunehmen. »Was heißt offressen, wir könn froh
sein, wenn die unseren Laden übernähm.« Einzugreifen
und um Toleranz zu bitten, wage ich hier nicht mehr,
zu fürchterlich hacken die Nasen aufeinander ein; und
auf jeden »Rote raus«-Sprechchor antwortet ein nicht
weniger zorniger, siehe Verslehre, zweihebiger Trochäus:
»Nazis raus.« Eine Tonart, die zum Töten bereit ist. Und
oben von der Kulturpalastbalustrade hängen sie ihre besenartigen Mikrofone hinunter in den brodelnden Haß.
Ich gehe. Schließlich bin ich hier nicht der Berichter-
statter. Kaufe mir im Kunstsalon endlich das Kersting-
Buch, darin eine Zeichnung von Kersting das Leben
zeigt, wie ich es meine, und zwar in Form des von hinten
gesehenen Caspar-David-Friedrich, da er, mit äußerst
bescheidener, weit emporgezogener Hosenträgerhose
und demütig fragendem Hosenboden soeben auf das
Riesengebirge zuschreitet.

Doch wieder zurück in die Menge. Unter allgemeinem
Beifall – gerade wird ein Hammer-und-Sichel-Fahnen-
wäldchen in Richtung des zu erwartenden Bundeskanz-

lers durch ein zehn Meter langes schwarzweißrotes Stoff-
band erfolgreich verdeckt –, treffe ich auf den Dichter
Czechowski und den Maler Mattheuer, die, extra aus
Leipzig hierhergeeilt, sich soeben auch getroffen haben,
so daß wir nun alle drei nicht mehr völlig unbeobachtet sind. Da aber vernehmen wir eine Stimme, die uns
gleich bekannt vorkommt und doch überrascht durch
ihre tatsächliche Anwesenheit ausgerechnet in dieser
Stadt. So stehen wir einen Moment reglos: Drei Männer
in Betrachtung des Bundeskanzlers. Freilich ist der Bundeskanzler als solcher vor lauter Menschen gar nicht
zu sehen, aber seine Stimme direkt über uns: »Ich werde
euch nicht im Stich lassen.« Von weit da vorn kommt
sie, wo das Scheinwerferlicht die Frauenkirchenruine
mit ihren beiden Stümpfen und dem Geröllberg in ein
fernes Mysterium aus weißflüssigem Silber verwandelt
hat. Soeben klettert über die leuchtenden Trümmer auf
allen vieren ein winziges Menschlein herab, um seinem
Bundeskanzler noch näher zu sein.
Beifall, und auch der Bundeskanzler verspricht, diesen
Tag nicht zu vergessen. Czecho klatscht mehrmals, ich
einmal, und zwar versehentlich – Mattheuer klatscht
immer. Der Bundeskanzler hat geendet und uns am
Schluß noch gesagt, daß bald Weihnachten wäre. Nun
wird einer von hier noch was sagen, entweder der re-
gierende Modrow oder wenigstens der Bürgermeister
Berghofer, und gründlich ausgepfiffen werden. Eine
Weile warten wir, aber dann ist klar: Sie haben dem Bundeskanzler die Stadt überlassen. Von diesem Tag an hört
die DDR auf zu existieren. Von Mattheuer zu schweigen, scheint es Czecho ganz recht zu sein und auch mir
tut es nur noch zur Hälfte weh. Schon spüre ich einen

leichten Wohlstandsglanz im hinteren Zipfel meiner
Seele.

20. 12.

Abends im Fernsehn sah ich dann den Bundeskanzler
noch einmal wirklich.
Er beugte sich vor, legte einen Kranz für die Toten des
13. Februar auf die Trümmer und ringsum sangen sie:
»So ein Tag, so wunderschön wie heute.«

21. 12.

Stehe nackt vor dem Spiegel. Weiteres gibt es nicht zu
berichten. Um Weiteres zu berichten, bedürfte es einer
anderen Prosa.

22. 12.

Im Fernsehen schon wieder der Bundeskanzler. Mitten
im Menschengestöber, bei der Öffnung des Branden-
burger Tors. Modrow ist auch dabei, aber er sieht aus
wie Kohls Aktentaschenträger. Allerdings scheint der
Bundeskanzler schlimm erkältet und hantiert mit seinem Taschentuch. Doch siehe, das Taschentuch ist eine
Taube und löst sich aus seinen Händen und flattert gen
Osten.

Noch nachts, beim Hinunterschaffen des Aschekastens, höre ich von der anderen Elbseite her einen vereinzelten Deutschland-Brüllschrei.

23. 12.

Schorlemmer: Noch nie war mir Weihnachten so fern, noch nie habe ich es so gebraucht, wie dieses Jahr.
Ja, liebes Tagebuch. Ich bin ein wenig aufzeichnungsmüde.

26. 12.

Mieter K. hämmert selbst am Weihnachtsfeiertag.
Ich hörte, er will unser Haus vom Staat abkaufen; das wird ihm viel Geld, bringen, wenn der Westen kommt. So wird das Haus gewiß gar in Ordnung gebracht werden, aber wer weiß, für wen, und gewiß nur so, wie es diese Leute verstehn. Habe nun doch das Stipendium in Worpswede beantragt. Wozu sich weiter gegen ein Weggehn in den Westen wehren, wenn nun der Westen gleich persönlich hierherkommt? Kurzum, mein Sendungsbewußtsein hat gelitten. Dabei ist es kaum zweieinhalb Monate her, da ich meinte, nun sei mir der Westen völlig fern.

28. 12.

Verbringen noch ein paar Tage in Bremen. Gestern
abend Gang über den Marktplatz. Gesenkten Kopfes
vorüber am Rathaus und dem Roland, vorbei an der
Ecke mit der Aufschrift: Gedenke der Brüder, die das
Schicksal unserer Trennung tragen. Hinüber zu den
Kaufhauslichtgirlanden, hängenden Kopfs wie gesagt,
und das erste Mal im Westen ohne zu merken, daß ich
im Westen bin.

30. 12.

Rückfahrt nach Dresden. Welchen Trost weiß ich? Vorhin, beim Umsteigen lag auf dem Trittbrett des Eisen-
bahnwagens eine Handvoll Schnee.

Teil V

21. 2. 1990

Was heißt hier Trost? Was heißt hier Schnee? Der Winter ist fast schneelos geblieben.

22. 2. 90

Tatsächlich kann unsereins wochenlang leben, ohne zu merken, daß er lebt. Insofern sind die leeren Seiten der letzten Wochen noch eine verhältnismäßig ehrliche Tagebucheintragung. »Wohin mit mir in dieser besenartigen Zeit?« mag ich gemurmelt haben, und das wird schon alles gewesen sein an dichterischen Bemerkungen. War ohnehin wieder im Westen. Die Marktwirtschaft auswendig lernen und möglichst viel Geld verdienen. Habe mich in Zügen hin und her katapultieren lassen und bin fast jeden Morgen in einem anderen Bett aufgewacht... Einmal aber sah ich vom Bett aus, gleich vor mir im Terrassenfenster, die mit jeder einzelnen Fältelung greifbar nah in eisige Ferne gerückte Riesenkette der Alpen, so daß meine schnupfenverstopfte Nase schlagartig Klarheit gewann und plötzlich Gottes Sonntag war, indem ich, kerzengerade im Bett, diese mir nun zum erstenmal erschienenen und in ihrer Gezacktheit einander grotesk übergipfelnden Berge anzubeten begann. Soviel zur Schweiz. Einen Tag später in Wien, ein ziemlich schmutziger Treppenaufgang, die üblichen Essengerüche. Oben eine fast leere Wohnung, in der Wolfgang Amadeus Mozart gewohnt haben soll, und tatsächlich einige Noten und die bekannten Bilder und Scherenschnitte an den Wänden. Hinter mir her durch die kahlen Räume fortwährend eine junge, böse Frau mit bösem Blick. Wir schließen in fünf, in zwei Minuten. Ja doch, Constanze, ich geh'.

23. 2.

Trotz hartnäckigen Ausbleibens längst versprochener Millionenhilfe sieht es in der Kaufhalle aus wie immer: Drei, vier Sorten Fleisch, auch Rind, bitteschön. Und die systemerhaltende Schnapsflasche Marke »Alter Sachse«, reihenweise, Gewehr bei Fuß. Aber was ist das? In der Ecke Bahlsen-Keks. Und da. Eine Palette Bierbüchsen, jede Büchse handlich wie der Westen überhaupt. Ein vielleicht sechzigjähriger Mann, dem der vollständige DDR-Alltag ins Gesicht geschrieben steht, nimmt eine der 3,50-M-Büchsen zur Hand und betrachtet sie lange. Dann stellt er sich drei Büchsen in den Einkaufswagen. Dann legt er zwei wieder zurück auf die Palette. Dann fährt er mit der einen Büchse zu den Flaschenkästen hinüber und stellt sich seine 20 Flaschen Coschützer Urinbrühe hinzu. Auch ich begnüge mich mit Coschützer Urinbrühe. Wer weiß, was noch kommt.

Im Zigarrenladen Westzeitungen für DM.
Ein Schlosser soll laut Annonce nicht mehr nur Schlosser, sondern außerdem »arbeitsam und höflich« sein. Statt »Suchen Heizer« heißt es plötzlich: »Bieten Heizer.«

24. 2.

Längst rufen die Forsythien gelb über den Zaun, aber das ist ein schwaches Frühjahrsgeschrei, denn ihrem Gelb fehlt jede Erinnerung an ein ordentliches winterliches Weiß. Und dennoch mag ihr frühzeitiges Dasein viel mehr die eigentliche Weltgeschichte bedeuten als das bißchen Deutsch-Deutsch, insofern sie in aller Unschuld die fern in den Medien grummelnde Klimakatastrophe über den Zaun signalisieren.

Erst jetzt, nach stundenlangem Sitzen in meiner Zerknirschungskammer, fällt mir eine eigentliche Veränderung ein: Die meisten meiner Nachbarn und Bekannten habe ich seit Monaten, ja eigentlich seit dem November nicht mehr gesehn. Das hat es noch nie gegeben: Keiner hat wen gebraucht. Das ist nun wohl wirklich der Westen. Nur die Telefone fehlen uns noch. Als richtige Westmenschen hätten wir uns gelegentlich gegenseitig angerufen.

25. 2.

Höre, daß Erwin nebenan ein Ingenieurbüro aufmachen will. Sigrid soll für eine Kunstzeitschrift im Westen schreiben. Verdacht, daß sie überhaupt nach drüben geht. Bruder Volkmar eröffnet einen Taxibetrieb. Manto zieht sein Glasgeschäft ganz groß auf. Günther kann nur noch mit dem Kopf schütteln. »Heute«, sagt er,

»hatte ich wieder meine Direktorensprechstunde. Sonst kamen sie jeden Dienstag, mit Oma, Kind und Hund: *Helfen Sie uns, Herr Claus. Sehen Sie denn nicht, daß wir ein Auto brauchen?* Aber heute? Kein einziger ist gekommen. 15 Jahre lang haben sie auf so eine Kiste gewartet, und nun wollen sie nicht mehr, worauf sie 15 Jahre gewartet haben. Nur Vauweh zählt noch. Wenn das unser Erich wüßte. Ich kann nur noch mit dem Kopf schütteln.«

26. 2.

Sankt Ernst, der Woche für Woche getreulich seine Wut auf »diese Verbrecher« brieflich aus dem Vogtland herabschmetterte, schrieb vor einigen Wochen plötzlich: Pessimistisch habe man nun nicht mehr zu sein, es sei denn aus Gewohnheit, was etwas wirklich Tragisches hätte... Das waren seither seine letzten Worte.

27. 2.

Heute morgen zum Bäcker. Die Bäckerei voller Glanzplakate der sogenannten Allianz: »Freiheit statt Sozialismus« und »Wohlstand für alle«, also auch für mich. Im Regal hier noch nie gesehene Käsebrötchen. Blumen auf der Ladentafel. Die beiden Verkäuferinnen faschingsbemützt, die Brötchen mit unbekanntem Schwung in den Beutel zählend. Großes Blasmusikgerumms: »Ham-se-nich-ne-Frau-für-mich«. Auftritt der Meisterin. Sie trägt einen riesigen Westhundertmarkschein am Hut

und kredenzt der freundlich verwunderten Schlange
Schnaps aus winzigen Henkeltöpfchen.
Eine neue Zeit beginnt und unsereins tritt von einem
Bein auf das andere. »Keinen Schnaps, junger Mann?«
»Nö. – Oder doch.«

28. 2.

Meinen großen Sohn Johannes haben sie aus der Schiffs-
werft hinausgeworfen. Wegen ungenügender Arbeitslei-
stung. Sozusagen probeweise den Schwächsten erst einmal, und nun sitzt er zu Hause und wirft uns vor, ihn
falsch erzogen zu haben. Außerdem will er nach Ka-
nada. Meinem Bruder Siegmund, heißt es, zittern die
Hände. Schon vor Wochen, als ich einmal mit ihm reden wollte, hatte er gar nicht erst Zeit, herunter an die
Haustür zu kommen, da er oben mit Geschäftspart-
nern telefonierte. Vermutlich geht es um das Überle-
ben seines – nicht verstaatlichten – Vogelfutterbetriebes,
der meinen Bruder z. B. durch das begehrte Vitamin-
Gesprächsfutter viel berühmter machte, als ich es in
meiner Eigenschaft als Radfahrer und Hilfsgedichtver-
fasser jemals zu werden vermochte. Nun aber sei mein
Bruder, heißt es, während ich noch immer auf ein Ho-
norar von 12,20 M für ein Gedicht in der Zeitung »Freie
Erde« warte, schon mit der Weltfirma VOGELVITAL in
Kontakt, um ein sächsisches Wellensittichimperium zu
errichten.

Wahlkampf im Fernsehen. Zwei Frauen und ein Mann schauen hinter Geranien hervor und versprechen eine blühende Zukunft. Auch in Zschachwitz tobt der Wahlkampf. Auf dem Dorfplatz neben der Eisdiele steht ein Mensch mit Mikrofon und sagt den Kindern: »Kinder, sagt euren Eltern, wen sie wählen sollen: DSU.« Moritz berichtet, er habe dem Agitator das Mikrofon weggenommen und hineingerufen: »DSU – großer Schmuh.« Dafür erhält er von mir am Abendbrottisch ein väterliches Lob.

1. 3.

Selbst hier am Rand von Dresden beginnen sich die Westautos zu vermehren. Ein Mercedes treibt mit der Stoßstange einen Trabant vor sich her. Ans Haus des Agitators ist mit fetter Rußschrift »Stasi-Schwein« geschrieben.

Heute Nacht von Mexikanern geträumt. Sie standen mit ihren breiten Hüten dicht an dicht oben auf dem winzigen Holzbalkon von Burichs Schreibwarenhandlung und schwenkten ihre fremdartigen Rhythmusinstrumente, so daß unten die Leute viel rascher als sonst gingen und ganz Zschachwitz auf den Beinen war. Dennoch taten mir die Kerls mit den Hüten leid, weil sie doch da oben auf Burichs Holzbalkon gar kein Geld

einsammeln konnten. Plötzlich aber ließ einer der Burschen einen Henkelkorb herunter und die Leute taten
ihr Geld hinein, aber zu meinem Entsetzen sah ich,
daß ich einen ganzen Westhundertmarkschein in den
Korb geworfen hatte.
Die Währungsunion soll schon gleich nach den Wahlen
kommen. Es heißt, daß sie unser Geld sogar 1 : 1 eintauschen wollen.

Bei Houfeks hat sich nichts geändert. Die Eltern bringen die Kinder ins Bett, und ich als Onkel darf »Auf
einem Baum ein Kuckuck« singen, wobei mir ein wenig peinlich ist, daß die beiden Houfekeltern zusehen,
wie ich zum »Simsalabimbambasaladusaladim« quer
durch das Kinderzimmer hechte. Trotzdem, Malou hört
auf zu weinen. Houfek hat für Morgen eine Einladung
zu einem Managerlehrgang, geht aber nicht hin, zumal er sich kürzlich die Fingerkuppe abgesägt hat und
sich nicht sicher ist, was das für einen Eindruck machte,
wenn er, Houfek, mit angesägtem Daumen zum Managerlehrgang käme.

2. 3.

Frühmorgens im Vorgarten eine über den Zaun geschleu-
derte Colabüchse. Ich lasse sie liegen. Ihr Anblick gibt
mir die Möglichkeit, mich beim Gang nach dem Briefkasten an die allmähliche Durchdringung des Ostens
durch den Westen zu gewöhnen.

3. 3.

Schon bald werden wir Mühe haben, uns die DDR selber zu erklären. An die neuen Verhältnisse angepaßt, werden wir uns fragen, wieso wir uns damals derart anpassen konnten.

Nach außen hin werden wir tun, als ob wir schon immer Westler gewesen wären und nur ein bißchen mehr als nötig zusammenfahren, wenn ein Uniformierter kommt, um unsere Fahrkarten zu kontrollieren. Insgeheim aber werden wir beginnen, das Unerklärliche zu verklären und jede Gelegenheit nutzen, im Kreise der Dabeigewesenen die fachmännischsten Gesichter zu schneiden: »Weißt Du noch, wie wir beim Bäcker anstehn mußten? Fünf Pfennig das Brötchen! Hahahahaha.« Schon jetzt beginnt die Erinnerung an einen verregneten Sonntag samt Dorfkonsum und immerwährender Losung: »ARBEITE MIT, PLANE MIT, REGIERE MIT«, bei mir ein Gefühl von verlorener Heimat zu erzeugen. Wohl in diesem Sinne saß ich vor drei Wochen noch eine Weile am Grenzübertritt Bahnhof Friedrichstraße im Café und wollte nicht hinüber und schlurfte den vertrauten, unnachahmlich nach Ostblock schmeckenden Kaffee.

4. 3.

Gerade Mangelerfahrung kann Identität stiften. So könnten wir, ob vielleicht doch gelegentlich wieder hervorbrechender Renitenz, plötzlich gefragt werden, was

uns denn nun eigentlich noch fehle? Die Antwort wäre:
Zuwenig.

5. 3.

Möchte zur SPD-Kundgebung. Hatte gelesen, daß Willy
Brandt heute käme, aber vergessen wann, und die SPD-
Plakate sind zugunsten der Buchstabenkombinationen
CDU, DSU und DA überall schon wieder abgefetzt, so
daß ich auf Verdacht in die Stadt fahren muß, aber was
soll das da sein, etwa eine Kundgebung? Nicht einmal
der halbe Altmarkt ist voller Leute und seitwärts noch
so viel Platz, daß ich ohne weiteres bis dicht an die Tribüne gehen kann, um von unten herauf direkt in das
politikgegerbte Charaktergesicht Willy Brandts zu sehen. Noch redet Brandt nicht, sondern beschäftigt sich,
auch er ist ein Mensch, kurz mit seiner Nase, ehe sich
sein Blick weit hinter dem Altmarkt am Horizont fest-
zusaugen scheint, als wäre die ganze Stadt voller Menschen und Hunderttausende brodelten vor dieser nach
so vielen Unterdrückungsjahren endgültig wiederauf-
erstandenen Tribüne der Sozialdemokratie. Unterdessen beklagt Ibrahim Böhme, der kleine SPD-Chef von
hier, mit empfindsamer Stimme, daß die Allianz Bananen ans Wahlvolk verteile, als wüßte er nicht, daß gegen Bananen nur noch mehr Bananen helfen. Endlich
aber die, mir noch aus der Zeit der ersten politischen
Denkversuche vertraute, Raucherstimme Willy Brandts.
Er sei mehr zum Zuhören hier, sagt er, sozusagen zu
Besuch, aber die Leute stehen auf dem Platz, als seien
sie es, die hier zu Besuch wären. Nur ganz vereinzelte

Deutschlandfahnen, schütterer Beifall, der schütter in den Lautsprechern wiederkehrt. Undenkbar, daß, ähnlich wie im November, irgendeiner ans Mikrofon ging und sagte: »Bass ma off. Mir sehn das so.« Erneut sind wir Sachsen in unseren Urzustand zurückgekehrt: Den der Stummheit. Von oben herab, von der Kreuzkirche, rieseln Allianz-Flugblätter und treiben über den Platz durch unsere Beine hindurch. Längst habe ich es aufgegeben, mich, unter so viel Nichtklatschern, als Einzelklatscher zu betätigen. Auch der Chef von Daimler Benz sei Sozialdemokrat, sagte Willy Brandt zu unserer Beruhigung, und schon läuten die Glocken. Zum Schluß stelle ich mich an und bekomme einen rot-grünen Aufkleber überreicht.

6. 3.

Kaufhalle: Die Westbierbüchsen verschwunden.
Bahlsen-Keks hält sich noch.
Am Obststand eiförmige Früchte, sogenannte Kiwis, 1,80 M das Stück. Die Kiwi-Kiste steht unten auf dem Fußboden, so daß sich Mütterchen sehr weit hinunterbücken muß. Aus dem Lautsprecher Huppi-Huppi-Musik.

Der Wahlkampf äußert sich im fortwährenden Ankleben, Überkleben und wieder Abreißen von Plakaten. Plakatsieger bleibt die Allianz. Wer sie wählt, glaubt mit den Roten am ehesten nie etwas zu tun gehabt zu haben. Selbst die umliegenden Ehemalsgenossen lassen sich Allianz-versichern. Die Wahl als Akt kollektiver Selbst-

reinigung. Das Glanzpapier auf den grauen, bröckeln-
den Häuserwänden erscheint als vorweggenommene
Einlösung aller Versprechen. Allein die Plakate der noch
nicht fremdbestimmten Gruppierungen sind einfalls-
reich genug, um völlig wirkungslos zu sein. Die ehema-
lige SED versteckt ihre Ankleber wie Ostereier: Machtlosigkeit macht witzig. Als Bankrotteur warnt sie vor
dem Bankrott, und ist für viele schon wieder ein Halt.
Immer höher steigen die Losungen an den Lichtmasten, um trotzdem wieder heruntergeholt zu werden.
Vor dem Schloß an einer langen Stange, hoch über mir,
der Spruch: »Wer bei der PDS vom Stuhle fällt – wird
bei der SPD eingestellt.« Auch die Reimkunst im Niedergang. Mit meinem irgendwo aufgeschnappten Spruch:
»CDU schon immer Dirne – erst von Honi, jetzt von
Birne« habe ich freilich auch nicht den rechten Erfolg.
»Birne wird's schon machen«, sagt Sigrid.

7. 3.

Uwe ist längst aus Amerika zurück. In einem Aufsatz
hat er geschrieben, daß er um das Fest seines Lebens
betrogen worden sei, aber am Ende stellt sich heraus,
daß er von Amerika aus alles am besten beurteilen konnte. Und er hat recht: Dabeigewesensein macht dumm.
Den riesenhaften Kerl, der im Oktober, wohl leicht
angetrunken, hinter den Demonstranten herrief, habe
ich zwar gesehen, ja ich wußte sogar, daß er bald massenhaft auftreten würde – und doch wollte ich mich
durch ihn nicht in meiner Begeisterung stören lassen.
»Seid ihr denn keine Deutschen«, rief er, fast weinend

vor Wut, indes die Menge mit hunderttausend Kerzen an ihm vorüberzog.

Und die kerzentragende Menge? Offenbar kann sich auch eine Masse taktisch verhalten. Angetrieben durch die Ereignisse, waltete in ihr noch einmal die alte Mischung aus Opportunismus und Schläue, indem der Zeitgeist Woche für Woche mehr und doch nur immer gerade das Nächstliegende verlangte. Für die meisten ist diese Revolution ohne Revolutionäre damit gar nicht gescheitert. Sie kommen bei sich selbst an, wenn sie nun wählen werden, was sie eigentlich schon immer wollten, den Westen im Osten, oder, wie ich vor Karlis Bierbude sagen hörte: »Ni mehr minderwertsch sein.« Nur unsereins als bescheidener Mitarbeiter in der Abteilung Menschheitsemanzipation reibt sich noch immer die Augen und fragt: War das alles?

8. 3.

Bin auch zu dem deutsch-deutschen Schriftstellertreffen in Berlin gewesen. Die vierzigfache Selbstgerechtigkeit an den Tischen. Wer im Wohlstand ist, hat immer recht. Wort für Wort für die umsitzende Presse, die erst recht schon immer recht gehabt hat. Unweit von mir dirigiert ein Sitzriese seinen Anhang mit ironischer Braue. Nie hätte ich gedacht, daß unter den westlichen Kopfmenschen die Ja-Sager derart gehäuft auftreten könnten. Drei bis vier Restlinke, vergeblich gegen das große Einverständnis anstotternd. Und ich? Mir geht es, wie es mir schon immer ging. Als wäre ich in eine Versammlung der Einheitspartei geraten: Unfähig zum geringsten

Widerspruch. Schwitzend vor Feigheit unter dem herrschenden Zwang zum Einheitsgedanken.

9. 3.

Am Bahnhof nun die FAZ für einheimisches Geld. Kaum durchquere ich die Menge mit diesem Bündel Selbstgefälligkeitsprosa unter dem Arm, habe ich wieder dieses Gefühl überlegenen Informiertseins, so daß sich meine Mengendurchquerung gleichsam unter dem Vorzeichen der Stromlinienförmigkeit vollzieht.

10. 3.

Die Kinder alarmieren mich: Fremder Mann im Garten. Tatsächlich geht hinten wer an der Unkrauthalde entlang. Gelegentlich etwas Holz einsammelnd, bewege ich mich auf ihn zu. Er trägt einen grauen Bart, und obwohl auch ich über einen Bart verfüge, fühle ich mich ihm sofort unterlegen.
»Guten Tag«, sagt er. »Guten Tag«, sage ich. Dann geht er weiter. An der Hausecke dreht er sich um und fotografiert. Der künftige Eigentümer? Oder gar der frühere? Schon hat er den Garten samt meiner Person und der des Apfelbaums bildlich davongetragen.

> Ist der Baum erst abgehaun,
> lach ich anderwärts.

Oder sollte ich mir lieber ein Luftgewehr anschaffen?

11. 3.

Auch bei den Freien Demokraten gewesen. Frage mich erst wozu, aber dann erklärt es mir eine junge Frau, indem sie es ihrem Kind erklärt: »Wir müssen fein zuhören, damit wir wissen, wen wir wählen sollen.« »Laßt euch die nie wieder zeigen«, sagt Herr Mischnick mit Volksbeschwörungsstimme und zieht eine Rote Karte hervor. Hinter ihm der Himmel reicht an manchen Stellen beängstigend in die Tiefe. Von rechts, vom Polizeipräsidium her, zieht unablässig eine Kette ziemlich großer, dohlenartiger Vögel hinüber zur Kuppel der Kunstakademie. Dort schlägt sie einen Bogen rings um den oben auf einem Bein balancierenden Engel, um hinter der Kuppel zu verschwinden, ohne jemals wieder zum Polizeipräsidium zurückzufliegen oder die Kette der Vögel zu erneuern, die gleichwohl unaufhörlich zu jenem großgeflügelten Engel hinübermäandert, ein flatterndes Kontinuum: Es gibt einen dritten Weg.
Diesmal verzichte ich darauf, mich nach Freiheitsmaterialien anzustellen.

12. 3.

Wolfgang Schnur vom Demokratischen Aufbruch, der mich mit seinen weitgeöffneten Augen immer ein wenig an Konstantin den Großen erinnerte, soll auch bei der Staatssicherheit gewesen sein.
BLOSS GUT, ICH NICHT.

Eigentlich ist es Judas, der die Schuld der anderen auf sich nimmt.

Einmal schaute die Staatssicherheit auch bei mir vorbei. In Form eines Mannes, der einen Hawaiischlips umhatte.

Die ahnungslose Nachbarin führte den Mann gleich bis ins Schlafzimmer: »Besuch Thomas«, rief sie. Der Besuch zeigte mir seinen Ausweis. Vor Entsetzen habe ich ihm sogar Tee angeboten. Wenn ich außerdem noch an mein obligatorisches Höflichkeitsgrinsen denke, so ist er gewiß selten so freundlich empfangen worden. Ob ich eigentlich einen eigenen Stil habe? Die Grafiker und Lyriker seien ja besonders aktiv. Der Schriftsteller S. womöglich ein Brausekopf... Ja, der Ruf seines Ministeriums nicht der beste. Dabei hätten wir alle ein Ziel: Es solle besser gehn mit unserem Land. Ob ich eigentlich einen Illustrator hätte? Aber wahrscheinlich würde mein Gedichtband gar nicht erst gedruckt. Einen gewissen Einfluß hätte man freilich. Was man suche, wäre ein Fachmann. Nur hin und wieder eine Lesung besuchen, rein künstlerisch.

Als der Mann gegangen war, suchte ich die Wohnung nach Horchgeräten ab. Wieder war es Birgit, die mir half: »Wenn der noch einmal kommt und Du ihn hereinläßt, lasse ich mich scheiden.« Von da an ließen wir die Tür möglichst abgeschlossen. Tatsächlich war es nicht schwer, ihn draußen abzufertigen. Diesmal trug er einen schmalen Schlips aus Leder.

Er könne mich ja verhaften, wenn er etwas von mir wolle, behauptete ich kühn. Er wurde sehr verlegen und sagte, daß er enttäuscht von mir wäre. Dann ging er in aller Armseligkeit von dannen, mit der ein Mensch von dannen gehen kann.

Ein paar Wochen später steckte ein rostiges Stück Schlüssel im Schloß unserer Wohnungstür. Da die Tür aber ohne weiteres mit einem gewöhnlichen Dietrich zu öffnen gewesen wäre, war das rostige Stück Schlüssel wohl eher ein Gruß.

13. 3.

Unten beim Karli wollen sie mich verhauen. Kaum verlange ich ein Bier, meinen die Kerls am Ausschank, daß ich keines bekäme. Ich wäre ein Linker. Hätte studiert und außerdem den Trabant gebaut. – Als ich mein Bier trotzdem bekomme, nennen sie mich »Brille« und, naturgemäß, »Rotes Schwein«. Ich erwäge die Emigration nach Bayern. Gleichwohl ballt sich meine Faust, um zum Abschied wenigstens andeutungsweise vorhanden zu sein. Da aber tritt Birgit dazwischen und lächelt den Kerls mitten ins Gesicht, und unten fließt die Elbe mit ihren Schwermetallen ein paar Meter weiter, und die Burschen glotzen, ehe sie, tatsächlich »Sieg heil« rufend, über die Wiesen hinaus ins Dunkle tappen.

14. 3.

Messe in Leipzig. In der Innenstadt durchmischen sich Osten und Westen schon völlig. Die langjährige Zufriedenheitsbockwurst für 0,85 M korrespondiert mit der Westpizza für 7,– M, das einheimische Bier mit den 97 Biersorten der Freiheit, eine fröhliche Pluralität, so kann es bleiben, solange uns das Geld nicht ausgeht. Die Stadt scheint zugeklebt mit Plakaten und die Losung des Vortags ist längst schon Palimpsest. Nur das Antlitz des heute erneut zu erwartenden Bundeskanzlers wehrt sich durch sein Dauerlächeln erfolgreich gegen jede Fragmentarisierung. Am ehesten weht mich ein Plakat an, das mir rät, meine Stimme Jesus zu geben, »Ein Mandat für die Ewigkeit«. Bei einem Verlagsbeisammensein vermag ich plötzlich nicht mehr, die anwesenden Gesichter in Ost und West einzuteilen, und das Mädchen links von mir, das mir als Leipzigerin sicher ist, kommt aus der Schweiz. Nichts gilt mehr, und am Literaturinstitut habe ich eine Laudatio zu halten. Hier aber scheint alles beim alten geblieben. Aus der Tiefe der Jahre lächelt mir blaß und verlegen meine Lehrerin für Marxismus-Leninismus entgegen, die sich schon damals für ihren Marxismus-Leninismus immerzu zu entschuldigen schien. Dann aber kommen doch Literaturleute aus dem Westen hinzu, und wie ich als Institutszögling so vor den Institutlern stehe, ertappt von den unerbittlichen Blicken der Gegenwart in dieser meiner institutlerischen Vergangenheit, merke ich, wie albern meine Rede ist und verheddere mich hoffnungslos in den in ihr vorkommenden Socken, bis ich schließlich ganz steckenbleibe und anfange, meine Füße unter mir zu verwechseln. – Auf dem Karl-Marx-Platz die größte Menschenmenge, die ich jemals gesehen habe. Wieder ist der Bundeskanzler weit entfernt im Unsichtbaren, irgendwo da vorn am Opernhaus, angesiedelt. 320 000 sind wir, heißt es soeben, und die Masse beantwortet ihr eigenes Vorhandensein mit einem einzigen Jubelschrei. Endlich ist die umliegende, gigantomanische Architektur, einschließlich des mit sich selber ringenden

Karl-Marx-Reliefs zu sich selber gekommen. Eine Menschenlandschaft aus Fahnen und Licht und zitternmachenden Schreien von wirklich entsetzlicher Schönheit. Ein Kreischbild mit Bundeskanzler. Ein vielgestaltiges Begeisterungspanorama, dessen innewohnende Aggressivität durch das fortwährende Pfeifen eines Häufleins ganz drüben am Mendebrunnen noch gesteigert wird. Hegewald, mit dem ich mich ausgerechnet hier getroffen habe, in diesem Leipzig, aus dem er vor fünf Jahren besser fortgehen mußte, sagt kein Wort. Stumm schaut er zu, wie dieses gedemütigte Volk nicht müde wird, den großen Hauptschrei zu proben. Nur am brummelnden Grund seines Wesens scheint er zu mißbilligen. So stehen wir stumm nebeneinander, ausgerüstet mit nichts weiter, als dem Plakat unsres nackten Gesichts. »Gehen wir ein Bier trinken«, fragt Wolfgang, aber da hören wir mehrere Detonationen. »Haben sie den Bundeskanzler in die Luft gesprengt?« Auch ich erblasse, denn das wäre nun doch nicht das Gesündeste. Da aber spricht er unbeschadet weiter, nur die Lautsprecher waren ausgefallen, und das Volk hat seinen Bundeskanzler wieder. Soll es ihn haben, denn wir haben immerhin uns. Lassen wir ihnen ihr Deutschland, denn wir stehn auf dem nämlichen Fleck. Der Abendhimmel über uns macht ohnehin einen eher europäischen Eindruck, da wir endlich unser Bier trinken gehn.

15. 3.

Fahre von Leipzig in übler Stimmung ab. Vom Deutschlandgeschrei blieb nun doch Katastrophengefühl zurück.

Abends vor der Mensa ist randaliert worden. Selbst die schweren Betonbehälter lagen in Stücken. Ausländer seien gejagt worden. Einen Jungen hätten sie mit dem Kopf in die Scheiben gestoßen.

Außerdem die Nacht über viel zuviel getrunken. Der Sohn meiner Gastgeber, in letzter Zeit regelrecht abgemagert, nun aber unterwegs, um Plakate zu kleben, war auch nachts um drei nicht zurück. Wenn nur diese Wahl endlich vorbei wäre. Als ob ich danach, als ob ich jemals meine Ruhe hätte. Im Noch-einmal-Umdrehen vor dem Bahnhof ein Strauch, schon unglaublich lange Blätter. Auch diesen Frühling so gut wie verpaßt. Immerhin die Geistesgegenwart, mir den Bahnhofsstrauch mit seinem weit hervorgetriebenem, tütenförmigen Grün als notierenswürdig zu merken. Im Zug kein Platz. Ein junger Mann nimmt nur widerwillig sein Zeug beiseite. Auch er, so scheint mir, hat eines von diesen jetzt grassierenden Deutschlandgesichtern. Ranze ihn vor allen Leuten an: Er solle sich nur nicht bemühen, unsereins hätte ohnehin immer das Weite zu suchen. Natürlich schaut er nur verblüfft. Finde anderweitig gerade noch Platz zwischen aufgeschlagenen BILDzeitungen. Auf den BILDzeitungsrückseiten jener BILDzeitungsobligatorische, von seiner jeweiligen Besitzerin merkwürdig isolierte, Langbusen. Die Lausitzerin nebenan will mich auch nur ärgern, indem sie immerzu wiederholt, daß sie CDU wählen würde, weil Herr Kohl soviel für uns getan hätte. Der Schaffner kommt. Ich habe vergessen, wegen meiner fehlenden Fahrkarte Bescheid zu sagen. Das kostet mehr als das Doppelte. Die BILDzeitungsleser senken ihre BILDzeitung und betrachten den direkt vor ihnen sitzenden neuerlichen Skandal.

16. 3.

Das Ehepaar Lohse kommt zu Besuch. Bei Nürnberg haben sie einen furchtbaren Autounfall gehabt. Am Sonntag konträr wählend, heben sie ihren jeweiligen Gipsarm beschwörend gegeneinander.

Abends Stadtspaziergang. Die Fernsehstationen haben schon ihre Berichterstattungsschüsseln ins Weltall gerichtet. Nach den herumliegenden Bechern zu urteilen, muß Müllermilchjoghurt gegessen worden sein. Nun nur noch wenige Leute. Vor dem Johanneum hat das bayrische Fernsehn einen kleinen Fernsehapparat aufgestellt, ca. zwanzig Leute schauen hinein. Soeben wird behauptet, daß in Dresden besonders konservativ gewählt werden würde. Ein Grund sei eine gewisse Zurückgebliebenheit der dortigen Bevölkerung. Die Umstehenden schauen andächtig in den Kasten. Keiner scheint bemerkt zu haben, daß er eben als zurückgeblieben bezeichnet worden ist. – Die Frauenkirche wird jetzt groß angestrahlt. Die vielgestaltigen Trümmerbrokken Schwarz in Schwarz vertieft und wuchtiger denn je, aber die Stümpfe hell in die Nacht hineinragend. Noch immer ist sie das Denkmal der Bombennacht, aber in ihrer theatralisch ausgeleuchteten Perfektion schon Hybris, erinnerungslos. Ein mitnehmbares Erschütterungsbild für welches nächste Jahrtausend?

17. 3.

Immer noch ein Tag bis zur Wahl. Birgit und ich, wir haben uns als Wahlhelfer gemeldet, und sie ist sogar die Wahlleiterin, und so müssen wir das Wahllokal inspizieren und nehmen weiße Tischdecken und Palmen aus eigenen Beständen mit. Im Umkreis von 100 Metern darf kein Wahlplakat sein, und gern unterziehe ich mich der Mühe, mit meinem Daumennagel ein CDU-Restplakat abzukratzen. Ob die birnenartige Kreidezeichnung an der Schultür eine politische Persönlichkeit darstelle und somit als Wahlpropaganda zu werten sei, führt zwischen mir und der Wahlleiterin zu heftigen Auseinandersetzungen.

Noch immer, und gerade heute, Scheu, mich bei den Nachbarn sehen zu lassen. Alle wählen anders als ich, was mich in meiner Eitelkeit verletzt und auf meinen geringen Einfluß schließen läßt: Jahrelang jedes Gespräch umsonst. Alles Spießer. Den ganzen Nachmittag muß Birgit meine Reden (Jetzt rennen diese Rindviecher auch noch in die Nato, aber das ist denen ja egal, ob weiter gerüstet und weiter gehungert und weiter verreckt wird) aushalten. Dann, gegen Abend, gehe ich los, um in der Nachbarschaft wenigstens noch eine Seele zu retten.

– »Es muß jetzt schnell gehen, Thomas.«
– »Aber bitte. Gerade wer auf den Hund gekommen ist, darf sich nicht ausliefern.«
– »Ja, Thomas. Es muß jetzt schnell gehn.«

Spätabends leicht wankend nach Hause, bei Meyers vorüber. Wie immer, wenn ich denke, »Vorsicht, Meyers Hund«, ist Meyers Hund schon da. Halte mich, einem Herzinfarkt nahe, am gegenüberliegenden Zaun fest.

18. 3.

Früh mit dem Fahrrad hinweg unter blühenden Bäumen und weit auf die Straße hinaus hängenden Sachsenfahnen.
Ein Bild, für das, um es für möglich zu halten, ich mein eigener Großvater sein müßte.
Allerdings darf ich im Wahllokal gar nicht mit dabei sein, wenn meine Frau die versiegelte Urne öffnen läßt und der erste Wähler hineinblickt, ob sie auch leer sei. Habe Telefondienst unten im Schulkeller, zwischen alten Matratzen und Küchenvitrinen. Bombendrohungen werden für möglich gehalten. Über mir höre ich die ersten Wählerfüße scharren. Wie immer, wenn man extra etwas erleben will, geschieht nichts. Immerhin sollen Stasileute mit gefälschten Ausweisen massenhaft umgehn, um die Roten doch noch an die Macht zu bringen.
Da klingelt das Telefon. Große Adrenalinausschüttung. Leider nur eine Leitungsüberprüfung. Trotzdem bin ich stolz darauf, wie rasch ich abgehoben habe.

Vormittags darf ich doch nach oben und die Namen auf den Personalausweisen mit den Namen in den Wählerlisten vergleichen. Gebe mir große Mühe, vertrauener-

weckend am Tisch zu sitzen. Trotzdem sind die meisten
Wähler sehr schüchtern und schauen unsicher um sich.
Vierzig Jahre wählen gehen, ohne die geringste Auswahl
zu haben – wem steckte das nicht noch in den Knochen?
Wähler um Wähler verschwindet in den Wahlkabinen.
Die Wahlkabinen sind unten offen. So sieht man wäh-
rend des Wahlvorgangs die Wählerbeine. Manche den-
ken lange nach.

Mittags unterwegs mit einem Pappkarton zu einer 91 jäh-
rigen. Sie sitzt sehr aufrecht und hört und sieht uns nicht
mehr. Ihre Nichte, die uns gerufen hat, behauptet, ehe
sie für sie ankreuzt, daß ihre Tante ihr vorhin gesagt
habe, wem sie ihre Stimme geben wolle. Die Uralte aber
sitzt sehr aufrecht und hört längst ganz andere Stimmen.

Nachmittags kaum noch Kundschaft. Auf- und Abge-
hen möglich. Der Hausmeister erklärt mir, daß er jetzt
70 Jahre alt wäre und dies seine erste wirkliche Wahl.
So schaut er noch in einen ganz anderen Geschichts-
trichter als ich. Tatsächlich gelingt es mir, mich mit
ihm zu freuen. Eine alte Frau kommt und will wählen,
obwohl sie schon vormittags gewählt hat. Ein Motor-
radfahrer erzählt, daß es in der Stadt kostenlos Kartof-
felchips gäbe.

18.00 Uhr dürfen die Wahlzettel auf den Tisch geschüt-
tet werden. Viel kontrollierendes Publikum, das ernste
Gesichter macht und alles aufschreibt.
Ich bekomme die Aufgabe, die Stimmen für die DSU zu
zählen, was ich als besondere Bestrafung empfinde, zumal der DSU-Stapel alle anderen Stapel übersteigt.

19.00 Uhr die erste Hochrechnung. Es ist genauso gekommen, wie ich gedacht habe, und doch bin ich enttäuscht. Als ob Mutter zu Weihnachten gesagt hätte,
daß es diesmal zu Weihnachten nichts gäbe und dann
gab es tatsächlich nichts. Jemand schlägt mir begeistert
auf die Schulter, weil wir nun gewonnen haben.
Im Dunklen nach Hause unter den weit auf die Straße
herausragenden Sachsenfahnen. Drüben aus der Neu-
bauwüste Blitzschläge und Raketen.

19. 3.

Gönne mir einen Wandertag. Vorbei bei Meyers. Meyers Hund zum Glück zurückgenommen. Doch hinter
dem Eisentor, mitten auf dem geharkten Weg, ein extra aufgestelltes Großbild des Bundeskanzlers. Von den
Krokussen her schaut er herüber und hat alle Sterne
Europas hinter sich. Noch nie habe ich ihm derart dicht
gegenübergestanden. »Rosenlöcher«, sagt er. »Das sind
doch Träume. Ihre Landsleute haben längst begriffen,
worum es geht. Schauen Sie sich um. Es gibt nichts Bes-
seres, als das, was ich Ihnen zu bieten habe.«
»Ja, Helmut«, sage ich. Da rauscht es im Gesträuch und
Meyers Hund bricht bellend hinter dem Bundeskanzler hervor. Vor Schrecken fange ich meinerseits derart
an zu bellen, daß es Meyers Hund die Sprache verschlägt.
Dann mache ich mich auf den Weg und verschwinde
in einem der Gründe elbüber, um, Schritt für Schritt
die Zeit verlangsamend, meine Schritte wiederzugewin-
nen.

Epilog

Benedikt verbrennt die Engel

Sieben Jahre an der Klappe.
Sieben Biere auf dem Brett.
Und die Elbe ging hinunter,
schwarz und schwer von Schwermetallen.

Deutschland Deutschland war geteilt.

Doch so oft wir auch die sieben
Biere in uns selbst umlenkten,
blieb doch ihre Zahl konstant.

Schmerzlich schmal der Mond hangüber.

»Muß die Elbe sich noch lange
bis an ihre Mündung wälzen,
eh sie wieder rein und klar
hier an uns vorüberfährt?«

Fragte mit schon schwerer Zunge
Benedikt der Holzbildhauer.

Länger als wir warten können.

Da trank Benedikt die sieben
blassen Biere einfach aus,
ging nach Hause und zerhackte
Tisch und Stühle und versuchte
Lenins Werke zu verschenken,

aber die las nur noch unser
Hamster wild auf Sowjetleim.

Monde kamen, Monde gingen.

Und die Elbe ging hinunter
überdeckt mit weißen Fladen.

»Sind im Westen alle Dächer
ganz aus Gold?« – »Nein, das nun nicht.
Aber wenn du brav bist, kannst du
Tag für Tag Bananen essen.«
»Wieviel Stück?« – »Ach, über Tausend.«

Deutschland Deutschland, Donnerwetter.

»Muß man auch im Westen sterben?«
»Freilich. Aber vorher darf man
Jahr für Jahr ins Ausland fahren
und wird alt durch Vitamine.«
»Wie alt?« – »Über neunzig Jahre.«

Überm Dach ein fetter Rauch.

Der pro Einzelschwade dreimal
suchend um die Esse rannte
und dann schräg gen Himmel zuckte.

Benedikt verbrennt die Engel.

»Ja«, sprach er, »ich hab den Stempel.«
Und warf armeweise Arme

Beine Flügel in den Ofen,
auf ein Niemehrwiedersehn.

Mondgong überm Kraftwerk Mitte.

Und am Grund der Elbe ging
ab und an ein Koffer mit.

Und als Hinterbliebene hinter
Vater Mutter Kind her schritten
wir mit einem Korb voll Sekt
Marke Apfelbaum zum Bahnhof.

»Kommt doch mit.« – »Nein, lieber nicht.
Wer soll sonst den Bieren beistehn,
wenn sie auf dem Brett nachwachsen?
Sind ja so schon blaß genug.
Schreibt mal eine Karte.« – »Klar.«

Züge mit Briketts beladen.

Und entlang des ganzen Bahnsteigs
Abschiedsgrüppchen, sich umarmend,
auf ein Niemehrwiedersehn.

»Kommt doch mit.« – »Wozu der Aufwand
wenn man trotzdem sterben muß,
wenn auch erst mit über Neunzig? –
Bleibt normal da drüben.« – »Klar.«

Selbst am Grund die Steine fragten
langsam nach dem Weg im Schlamm.

Und die Reste der Barockstadt
wälzten sich vom Kraftwerk Mitte
her in Form von Rauchkonsolen
schwarz und schwer am Mond vorüber.

Züge mit verhängten Rohren,
streng geheimen Panzerhüften.

Nur der Zug stand immer noch.

Und die Wucht des Abschiednehmens
nahm ab mit der Zahl der Flaschen.

Doch ringsum die Turnschuhtypen
hatten keinen, der davonfuhr,
keinen, der mit ihnen trank.
Mußten sich, nicht aufzufallen,
auf dem Bahnsteig selbst umarmen,
auf ein Immerwiedersehn.

Deutschland Deutschland war geteilt.

Aber da, ein Pfiff, ein Aufschrei.
Und ein Ruck. – Im Abteilfenster,
halb entrückt und leuchtend fremd –
Vater Mutter Kind Ikone.

Und wir rannten – ja der letzte
macht das Licht aus – fünf sechs Schritte –
mit dem Zug mit – Sehn uns doch
dereinst wieder, wo die Engel
freudig mit den angekohlten

Flügeln klappern – Und fort warn sie.
Und wir standen ganz allein
mit den Spitzeln auf dem Bahnsteig,
die mit uns ins Leere winkten.

Nur die Dummen bleiben hier.

Aber eh der Mond hangüber
zwölfmal in die vollen ging,
steht mir bei, ihr blassen Bierchen –
überm Fluß ein tausendfaches
schluchzend singendes Geschrei:

Deutschland Deutschland war vereint.

Mann, daß wir uns noch mal sahn,
ehe wir gestorben waren.

Golden färbten sich die Biere.

Und wir standen an der Klappe,
nippten je an jeweils Einem.
Mußten heute ja noch weiter,
teils ins Ausland, teils nach Hamburg.
»Warst du etwa auch ein Spitzel?
Warum bist du hiergeblieben? –
Meine Engel sind verbrannt.«

suhrkamp taschenbücher
Eine Auswahl

Isabel Allende
– Das Geisterhaus. Roman. Übersetzt von Anneliese Botond.
  st 1676. 501 Seiten
– Mayas Tagebuch. Roman. Übersetzt von Svenja Becker.
  st 4444. 444 Seiten
– Die Insel unter dem Meer. Roman. Übersetzt von Svenja
  Becker. st 4290. 552 Seiten
– Inés meines Herzens. Roman. Übersetzt von Svenja Becker.
  st 4035. 394 Seiten
– Fortunas Tochter. Roman. Übersetzt von Lieselotte
  Kolanoske. Gebunden. st 4383. 705 Seiten
– Paula. Übersetzt von Lieselotte Kolanoske. st 2840.
  496 Seiten
– Das Siegel der Tage. Roman. Übersetzt von Svenja Becker.
  st 4126. 409 Seiten

Maya Angelou
– Ich weiß, warum der gefangene Vogel singt. Übersetzt von
  Harry Oberländer. st 4897. 321 Seiten

Friedrich Ani
– Der namenlose Tag. Roman. st 4720. 298 Seiten
– Ermordung des Glücks. Ein Fall für Jakob Franck. Roman.
  st 4931. 316 Seiten

Gerbrand Bakker
– Oben ist es still. Roman. Übersetzt von Andreas Ecke.
  st 4142. 315 Seiten

Joanna Bator
– Sandberg. Roman. Übersetzt von Esther Kinsky. st 4404.
  492 Seiten
– Wolkenfern. Roman. Übersetzt von Esther Kinsky. st 4574.
  499 Seiten

Jurek Becker
– Bronsteins Kinder. Roman. st 1517. 302 Seiten
– Jakob der Lügner. Roman. st 774. 288 Seiten

Louis Begley
– Lügen in Zeiten des Krieges. Roman. Übersetzt von Christa
  Krüger. st 2546. 223 Seiten. Großdruck: st 4092. 310 Seiten
– Ehrensachen. Roman. Übersetzt von Christa Krüger.
  st 3998. 444 Seiten
– Schmidts Einsicht. Roman. Übersetzt von Christa Krüger.
  st 4415. 415 Seiten

Thomas Bernhard
– Alte Meister. Komödie. st 1553. 310 Seiten
– Auslöschung. Ein Zerfall. st 1563. 651 Seiten
– Heldenplatz. st 2474. 176 Seiten
– Holzfällen. Eine Erregung. st 1523. 336 Seiten
– Städtebeschimpfungen. Herausgegeben von Raimund
  Fellinger. st 4074. 178 Seiten

Peter Bichsel
– Kindergeschichten. st 2642. 86 Seiten
– Über Gott und die Welt. Schriften zur Religion.
  Herausgegeben von Andreas Mauz. st 4154. 288 Seiten

Lily Brett
– Lola Bensky. Roman. Übersetzt von Brigitte Heinrich.
  st 4470. 302 Seiten

– Chuzpe. Roman. Übersetzt von Melanie Walz. st 3922.
334 Seiten

Jaume Cabré
– Die Stimmen des Flusses. Roman. Übersetzt von Kirsten
Brandt. st 4049. 666 Seiten

Truman Capote
– Die Grasharfe. Roman. Übersetzt von Annemarie Seidel
und Friedrich Podszus. st 1796. 208 Seiten

Paul Celan
– Die Gedichte. Kommentierte Gesamtausgabe in einem
Band. Herausgegeben und kommentiert von Barbara
Wiedemann. st 3665. 1000 Seiten

Marguerite Duras
– Der Liebhaber. Übersetzt von Ilma Rakusa. st 4507.
143 Seiten

Hans Magnus Enzensberger
– Hammerstein oder Der Eigensinn. Eine deutsche
Geschichte. st 4095. 378 Seiten
– Versuche über den Unfrieden. st 4626. 183 Seiten
– Gedichte 1950-2020. st 5013. 250 Seiten

Laura Esquivel
– Bittersüße Schokolade. Roman. Übersetzt von Petra Strien.
st 2391 und it 4030. 278 Seiten

Elena Ferrante
– Meine geniale Freundin. Übersetzt von Karin Krieger.
Roman. st 4930. 488 Seiten
– Die Geschichte eines neuen Namens. Übersetzt von Karin
Krieger. Roman. st 4952. 704 Seiten

– Die Geschichte der getrennten Wege. Übersetzt von Karin
  Krieger. Roman. st 4953. 640 Seiten

Candice Fox
– Hades. Thriller. Übersetzt von Anke Caroline Burger.
  Herausgegeben von Thomas Wörtche. st 4838. 341 Seiten
– Eden. Thriller. Übersetzt von Anke Caroline Burger.
  Herausgegeben von Thomas Wörtche. st 4861. 473 Seiten
– Fall. Thriller. Übersetzt von Anke Caroline Burger.
  Herausgegeben von Thomas Wörtche. st 4927. 470 Seiten

Philippe Grimbert
– Ein Geheimnis. Roman. Übersetzt von Holger Fock und
  Sabine Müller. st 3920. 154 Seiten

Peter Handke
– Immer noch Sturm. st 4323. 165 Seiten
– Mein Jahr in der Niemandsbucht. Ein Märchen aus den
  neuen Zeiten. st 3887. 628 Seiten
– Die morawische Nacht. Erzählung. st 4108. 560 Seiten
– Wunschloses Unglück. Erzählung. st 3287. 96 Seiten

Marie Hermanson
– Der Mann unter der Treppe. Roman. Übersetzt von Regine
  Elsässer. st 3875. 269 Seiten
– Muschelstrand. Roman. Übersetzt von Regine Elsässer.
  st 3390. 304 Seiten

Hermann Hesse
– Der Steppenwolf. Roman. st 175. 288 Seiten
– Siddhartha. Eine indische Dichtung. st 182. 128 Seiten
– Narziß und Goldmund. Erzählung. st 274. 320 Seiten
– Mit der Reife wird man immer jünger. Betrachtungen und
  Gedichte über das Alter. st 3551. 192 Seiten

Reginald Hill
– Rache verjährt nicht. Roman. Übersetzt von Ulrike Wasel
   und Klaus Timmermann. st 4473. 683 Seiten

Uwe Johnson
– Jahrestage. Aus dem Leben von Gesine Cresspahl. 4 Bände.
   st 4455. 2150 Seiten

James Joyce
– Ulysses. Roman. Übersetzt von Hans Wollschläger. st 3816.
   987 Seiten

Daniel Kehlmann
– Ich und Kaminski. Roman. st 3653. 174 Seiten

Sibylle Lewitscharoff
– Apostoloff. Roman. st 4180. 248 Seiten
– Blumenberg. Roman. st 4399. 220 Seiten
– Montgomery. Roman. st 4321. 346 Seiten

Nicolas Mahler
– Thomas Bernhard: Alte Meister. Komödie. Gezeichnet von
   Mahler. Graphic Novel. st 4579. 158 Seiten

Andreas Maier
– Das Haus. Roman. st 4416. 165 Seiten
– Onkel J. Heimatkunde. st 4261. 132 Seiten
– Bullau. Versuch über Natur. st 3947. 127 Seiten
– Wäldchestag. Roman. st 3381. 315 Seiten
– Das Zimmer. Roman. st 4303. 203 Seiten

Adrian McKinty
–Der katholische Bulle. Roman. Übersetzt von Peter
   Torberg. st 4523. 384 Seiten

Robert Menasse
– Die Hauptstadt. Roman. st 4920. 459 Seiten
– Die Vertreibung aus der Hölle. st 4863. 729 Seiten

Patrick Modiano
– Eine Jugend. Roman. Übersetzt von Peter Handke. st 4615.
187 Seiten

Cees Nooteboom
– Allerseelen. Roman. Übersetzt von Helga van Beuningen.
st 3163. 440 Seiten

Amos Oz
– Eine Geschichte von Liebe und Finsternis. Roman.
Übersetzt von Ruth Achlama. st 3788. 828 Seiten
– Judas. Roman. Übersetzt von Mirjam Pressler. st 4670. 331
Seiten
– Unter Freunden. Übersetzt von Mirjam Pressler. st 4509.
215 Seiten

Andreas Pflüger
– Endgültig. Thriller. st 4770. 458 Seiten
– Niemals. Thriller. st 4940. 475 Seiten

Marcel Proust
– Auf der Suche nach der verlorenen Zeit. 3 Bände in
Kassette. Übersetzt von Eva Rechel-Mertens. st 4830.
5200 Seiten

Ralf Rothmann
– Der Gott jenes Sommers. Roman. st 4959. 260 Seiten
– Im Frühling sterben. Roman. st 4680. 233 Seiten

Judith Schalansky
– Atlas der abgelegenen Inseln. Fünfzig Inseln, auf denen ich nie war und niemals sein werde. st 5002. 240 Seiten
– Blau steht dir nicht. Matrosenroman. st 4284. 139 Seiten
– Der Hals der Giraffe. Bildungsroman. st 4388. 222 Seiten

Andrzej Stasiuk
– Die Welt hinter Dukla. Roman. Übersetzt von Olaf Kühl. st 3391. 176 Seiten
– Hinter der Blechwand. Roman. Übersetzt von Renate Schmidgall. st 4405. 349 Seiten

Uwe Tellkamp
– Der Turm. Geschichte aus einem versunkenen Land. Roman. st 4160. 976 Seiten

Hans-Ulrich Treichel
– Der Verlorene. Erzählung. st 3061. 176 Seiten

Mario Vargas Llosa
– Das böse Mädchen. Roman. Übersetzt von Elke Wehr. st 3932. 395 Seiten

Martin Walser
– Ein fliehendes Pferd. Novelle. st 600. 160 Seiten

Don Winslow
– Kings of Cool. Roman. Übersetzt von Conny Lösch. st 4488. 349 Seiten
– Tage der Toten. Kriminalroman. Übersetzt von Chris Hirte. st 4340. 689 Seiten

Uwe Tellkamp
Der Turm
Roman
st 4160. Broschur. 976 Seiten.
(978-3-518-46160-0)
Auch als eBook erhältlich

Ein monumentales Panorama der untergehenden DDR, in der Angehörige dreier Generationen teils gestaltend, teils ohnmächtig auf den Mahlstrom der Revolution von 1989 zutreiben. Kein anderes Buch hat in den letzten Jahren gleichermaßen Kritiker und Publikum derart begeistert.
In epischer Sprache, in eingehend-liebevollen wie dramatischen Szenen beschreibt Uwe Tellkamp den Untergang eines Gesellschaftssystems.

»Ein Meisterwerk ... Nimm und lies.«
Gustav Seibt, Süddeutsche Zeitung

suhrkamp taschenbuch

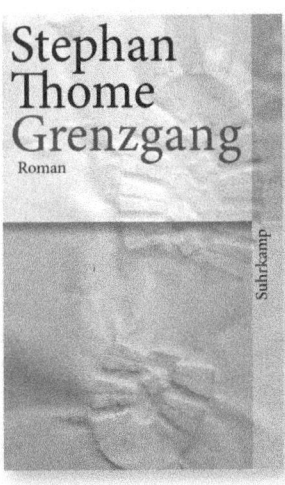

Stephan Thome
Suhrkamp

Stephan Thome
Grenzgang
Roman
st 4193. Broschur. 453 Seiten
(978-3-518-46193-8)
Auch als eBook erhältlich

Alle sieben Jahre steht Bergenstadt kopf: Beim traditionellen
»Grenzgang« werden die Grenzen der Gemeinde bekräftigt –
und alle anderen in Frage gestellt. Auch für Kerstin und Thomas,
die in der kleinstädtischen Provinz hängengeblieben sind, nachdem sich ihre Lebensträume zerschlagen haben: Sie reibt sich
auf zwischen pubertierendem Sohn und demenzkranker Mutter,
er ist nur deshalb Lehrer, weil die Unikarriere eine Sackgasse war.
Aber beide geben sie ihre Suche nach dem Glück nicht auf.

»*Wer Thomes Roman liest,*
kann sich vor allem eines Eindrucks nicht
erwehren: Ein großer Meister seelischer
Zwischentöne steht vor dir.«
Tilman Krause, Die Welt

suhrkamp taschenbuch

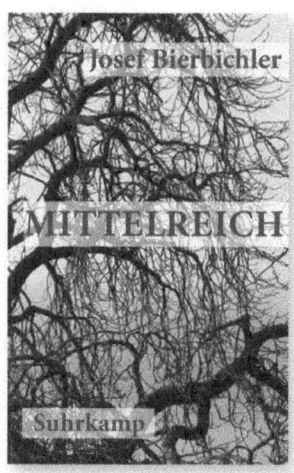